COLLECTION A.-L. GUYOT

LES

ROUERIES DE BÉCASSEAU

Par N. Gallian

20 CENTIMES
(Algérie, Colonies et Étranger : 25 Cent.
(*Port en plus*)

—o—

Collection A.-L. GUYOT, 6-8, Rue Duguay-Trouin, PARIS

N. GALLIAN

LES ROUERIES DE BÉCASSEAU

PARIS
Collection A.-L. GUYOT
6 et 8, rue Duguay-Trouin, 6 et 8

LES ROUERIES DE BÉCASSEAU

I

UNE SURPRISE

Thomas Bécasseau, garçon de la cantine du premier bataillon du 250ᵉ de ligne, caserné à la Pépinière, sortit du quartier, un dimanche matin à huit heures et demie tapant.

C'était un grand escogriffe maigre et efflanqué, un peu voûté, au nez long et pointu ; il louchait. Toute sa personne, dans son ensemble, évoquait l'aspect d'un long piquet qu'on aurait surmonté d'un képi, et auquel on aurait accroché une capote d'infanterie.

Il tenait un journal à la main, s'avançant jusqu'à la statue de Jeanne d'Arc qui décore le terre-plein situé en face de l'église Saint-Augustin, et se mit à inspecter la place. De temps en temps il suivait du doigt sur son journal, quelques lignes qui paraissaient lui fournir des indications sur la topographie de la place.

Soudain, une voix grêle et gouailleuse résonna près de lui :

— Qué que tu fais-là, Bécasseau ?... Tu consultes le plan de Paris ?

Décasseau se retourne. Un petit soldat d'infanterie, boulot, gras, réjoui était devant lui.

— Quiens!... Lartichaud!... clama Décasseau, comment que ça va ?...

Il lui tendit sa grosse patte rouge que l'autre empoigna et secoua avec vigueur.

— Pa! mal, et toi ?... fit Lartichaud.

— Moi, ça va bien, j'suis toujours garçon de cantine, j'en fiche pas un clou et je suis bien nourri : du fromage de cochon à discrétion... Et toi ?...

— Ah ! moi !... J'essaye bien de tirer au flanc... Seulement, y a pas mèche. Si tu veux mon opinion, c'est moins facile à la caserne ed' Penthièvre qu'à la tienne !...

— Allons donc ! c'est parce que tu n' sais pas, v'là tout... Toi, Lartichaud, tu n'as pas le trac... Moi, je l'ai... J'ai de l'intelligence, de l'esprit, de la jugeotte. Toi, t'es bête comme un cochon...

Lartichaud parut vexé.

— Ah ! Mais !... Dis-donc !... C'est pas parce qu'on est nous deux du même pays, tout de même que...

Décasseau, pour panser la blessure faite à l'amour-propre de son pays, l'emmena chez un marchand de vins.

— Nous aurons le temps de boire une chopine. Il n'est que huit heures et demie et mon homme n'arrive pas avant neuf heures. C'est écrit.

Les deux tourlourous débouclèrent leurs ceinturons et trinquèrent comme deux ami-

Bécasseau reprit sa propre apologie en ces termes :

— Oui, mon vieux, moi, tel que tu me vois, je suis peut-être en train de devenir *millionnaire*.

— Toi, millionnaire ?

— J'ai dit peut-être... C'est pas sûr !... Mais je suis en bon chemin !

Lartichaud parut tellement sceptique que le garçon de cantine se crut tenu d'affirmer une fois de plus, sa foi en sa fortune future.

— Parfaitement, que je suis en bon chemin. Il est bientôt le quart moins neuf heures à l'horloge de l'église, pas vrai ! Eh bon !... A neuf heures tapant je me mets en route... Et au bout de la route y a une surprise peut-être d'un million...

— C'te route là, demanda Lartichaud, elle est donc indiquée sur le plan de Paris ?

— J'en sais rien, moi !... Pourquoi que tu me parles du plan de Paris ?

— C'est pas le plan de Paris que tu reluques là, avec ton doigt posé dessus ?

— Ça ? s'écria Bécasseau en exhibant aux yeux de Lartichaud un journal d'une grandeur démesurée, c'est ce que je lis tous les jours !... C'est la ration de vivres de mon cerveau, c'est ma boule de son intellectuelle, c'est...

— Comment qua ça s'appelle, demanda l'autre en coupant court à l'exaltation du garçon de cantine et en lisant le titre du journal : *Le Moniteur des millionnaires*.

— Oui, mon vieux ! Ce que tu es pris pour

le plan de Paris, c'est le *Moniteur des millionnaires*.

— M'est avis, insinua Lartichaud qui avait du bon sens qu'on dirait plutôt que c'est le *Moniteur des Purotins*.

— Pourquoi çà ?...

— Il est imprimé sur du papier rudement pauvre... Du papier à chandelle... Et puis, nom d'un polochon, si tous les ceusses qui le lisent sont aussi riches que toi, je me demande pourquoi ce journal vous a un titre si ronflant.

Bécasseau répondit d'un ton vexé :

— Le papier sur quoi qu'il est imprimé, ne fait rien à l'affaire. Si ce journal n'est pas lu par les millionnaires, il est lu par des types qui le seront tous un jour, millionnaires !...

— Tu m'épates !

— Mais si, gourdée ! C'est un journal qui donne des surprises mirobolantes. Ainsi, tiens, je vais te lire ce qu'il met rapport à la surprise d'aujourd'hui.

Et le garçon de cantine lut :

« Demain dimanche, à neuf heures, M. Henri Crawfort partira du milieu d'une place où il y a une église...

Mais Lartichaud l'interrompit presqu'aussitôt pour lui demander :

— Qué que c'est que ça, mossieur Crawfort ?... On l'a donc retrouvé ?...

— Mais non, Crawford, c'est un nom, comme ça, qu'a pris l'homme choisi par le *Moniteur des Millionnaires*, pour distribuer la surprise à celui qui aura réussi à le dépister.

— Et tu vas le dépister ?

— J'en suis sûr ! Mais laisse-moi te lire le passage, s'pèce de gourdiflot ! Sans ça, tu ne sauras jamais rien...

— Je t'écoute ! Va ! Va ! je t'écoute...

Bécasseau put donc continuer sa lecture :

« M. Henri Crawford partira du milieu d'une place où il y a une église, et, non loin de cette église, un établissement public contenant un grand nombre d'hommes. M. Henri Crawford montera sur un omnibus qui le mènera sur un pont. De ce pont où il regardera pendant quelque temps, l'abîme ouvert sous ses pas, il montera sur un tramway qui suivra la rive gauche de la Seine ; en remontant le cours de ce fleuve, il s'arrêtera à un café, près d'une porte de Paris. Le lecteur du *Moniteur des Millionnaires* qui sera parvenu à suivre cet homme dans toutes ses pérégrinations, qui l'aura suivi jusqu'au café situé près de la porte en question, devra trouver moyen de lui offrir un bock. Alors, il lui exhibera le numéro du journal du jour même, et M. Henri Crawford devra lui remettre un pli avec une surprise. » Et voilà !

— Voilà quoi, Bécasseau ?

Eh bien ! S'il y a dans ce pli un billet de mille francs, je suis sûr, Lartichaud, d'avoir mille francs ce soir... S'il y a un chèque d'un *miyon,* j'suis *miyonnaire* dès ce soir !

— T'es fou !

— Si je te dis que j'en suis sûr, c'est que j'en suis sûr !

Lartichaud qui était plus sceptique, de son naturel que Bécasseau, riposta avec quelque vivacité :

— Et tu te figures, imbécile, que ce *Moniteur des Millionnaires* va te mettre, comme ça, un billet de mille francs dans une enveloppe ?

— Peut-être plus !...

— Peut-être moins aussi ; peut-être tout simplement un bon donnant droit à deux sous de pommes de terre frites... Et puis, autre chose ! qu'est-ce qui te dit que c'est bien de cette place-là qu'il part, ton Monsieur Henri Crawford ?

— Ah ! Ça ne va pas être long à t'expliquer ça !... Le journal dit qu'aujourd'hui, à neuf heures, Monsieur Henry Crawford partira d'une place où il y a une église, et tout près de cette église, un établissement public, contenant un grand nombre d'hommes. Eh bien ! C'est la place qui est devant l'église Saint-Augustin. Mais, qu'est-ce qu'il y a tout près de cette église, mon vieux Lartichaud, qu'est-ce qu'il y a ? Il y a la caserne de la Pépinière, établissement public qui contient, naturellement un grand nombre d'hommes !...

Pour le coup, Lartichaud fut ébranlé.

— C'est vrai que ça pourrait bien être ça ! dit-il. Oui ! mais à quoi reconnaîtras-tu mossieu Henri Crawford !... Il y en a des messieurs qui circulent sur cette place, à cette heure-ci ?.. A-t-il des moustaches ?... A-t-il de la barbe ?... N'en a-t-il pas ?... Est-il rasé ?... A-t-il un chapeau mou ?...

— Ah ! bon ! mon vieux Lartichaud, ce serait trop commode, voyons !... Ça serait malheureux si ça n'était pas plus difficile que ça de devenir millionnaire !... Et puis, d'abord, j'ai pas besoin de tant d'indications que ça !... J'ai le flair. Oh ! j'ai le flair.

Il y avait près d'une demi-heure que Lartichaud et Bécasseau s'entretenaient chez le marchand de vins. Ils rebouclèrent leurs ceinturons et sortirent sur la place.

Juste à ce moment apparut un jeune homme à la moustache en croc, au chapeau haut-de-forme mis assez élégamment, ganté de rouge, et qui semblait examiner la statue de Jeanne d'Arc avec intérêt.

Bécasseau se mit à le dévisager avec curiosité. Soudain, neuf heures sonnèrent à l'horloge de la caserne. Sans perdre un instant, et comme, si, vraiment, il n'eut attendu que ce moment, le jeune homme se mit à courir vers un omnibus qui venait de s'arrêter à la station en face.

— Hein ! fit Bécasseau, en s'adressant à Lartichaud. Crois-tu que c'est lui ? A neuf heures, il saute sur un omnibus ! Au revoir, vieux !

— Tu cours après lui ?

— Tu parles ! Il a peut-être un million pour moi, dans sa poche.

— Bon voyage, Bécasseau ! et bonne chance !

Le jeune inconnu que Bécasseau supposait être le mystérieux Henri Crawford annoncé par le *Moniteur des Millionnaires*, s'était assis sur l'impériale. Bécasseau escalada les hauteurs du même omnibus, alla s'asseoir près de lui, et déploya avec ostentation le *Moniteur des Millionnaires*, l'allongeant presque sur les genoux de son voisin qui finit par lui dire :

— Dites donc ! Quand vous aurez fini de m'encombrer avec votre journal ?...

N'importe quel voyageur eut protesté de la même façon contre le sans-gêne du garçon de cantine. Mais Bécasseau, interpréta cette manifestation de mauvaise humeur dans un sens favorable à lui-même.

— Il se sent reconnu ! se dit-il. Et il est vexé d'avoir à me donner la surprise ! Je ne le quitte pas d'une semelle, ce particulier-là !...

L'omnibus dans lequel il était monté en compagnie de l'homme qu'il supposait être Henri Crawford allait du côté de la gare Saint-Lazare.

Arrivé devant cette gare, le Crawford en question se leva soudain en criant :

— Non d'une pipe !... Je me suis trompé de ligne ! Et il descendit précipitamment de l'omnibus.

— Hé !... Mais !... Hé !... Mais !... se dit Bécasseau. Ça n'est pas dans le programme cet incident-là !... Il triche, le Crawford !... Il triche pour me dépister... Nous allons voir un peu !

Il descendit à son tour, se jeta à la poursuite du mystérieux inconnu et le rattrapa au bas de la rue de Rome, à un endroit où, il n'y a pas longtemps encore, on apercevait une immense tranchée pour les travaux du Métropolitain.

Et Bécasseau relut son journal.

— Ah ! ça ! pensa-t-il, on parle d'un pont ? Quel pont ! Pourquoi le Crawford n'a-t-il pas laissé l'omnibus le transporter jusqu'à la Seine?

Et puis, il aperçut son inconnu, qui penché sur le parapet d'une passerelle qui reliait les deux bords de la tranchée, regardait le chantier ouvert au-dessous de lui et dans lequel des chevaux tiraient des wagonnets remplis de terre. Et il se dit, tout joyeux, qu'il n'y avait pas que sur la Seine qu'il y avait des ponts et que le programme s'accomplissait normalement. De plus en plus, il avait la sensation de tenir la piste du vrai Crawford, de l'homme à la surprise.

Puis il réfléchit de nouveau et pensa :

— Mais, nom d'une bobinette, il doit prendre après ça un tramway qui doit suivre la rive gauche de la Seine. Il n'y a pas de tramway dans ces conditions-là, par ici !... Qué fichu programme, d'abord. On s'y perd...

Comme Bécasseau poursuivait mentalement le cours de ses lamentations, passa un tramway de Colombes.

Le jeune homme aux gants rouges sauta dedans. Bécasseau l'y suivit. Il resta sur la plate-forme, pour mieux surveiller son individu. Et puis, il voulut questionner le conducteur :

« Vous allez-t-y du côté de la Seine, lui demanda-t-il.

— Oui ! nous la traversons.

— Ah ! bon ! C'est déjà queuque chose, répliqua Bécasseau, mais ça n'est pas suffisant ! Faudrait longer la rive gauche.

Le conducteur le regarda avec une certaine méfiance, et du même œil qu'il eût contemplé un homme suspect de maboulisme aigu :

— On ne va tout de même pas faire longer la rive gauche de la Seine à ce tramway, pour vous faire plaisir, lui dit-il.

Bécasseau n'insista pas.

Or, quand le tramway traverse la Seine à Asnières, le jeune homme quitta la place d'intérieur où il était installé, vint sur la plate-forme et demanda à Bécasseau :

— Dites-moi militaire, pour aller à Levallois, où faut-il donc descendre ?

— Ici !... répliqua Bécasseau sans savoir.

Et il ajouta, d'un air qu'il s'appliqua à rendre aussi fin que possible :

— Du reste, Monsieur, que vous alliez ici ou là, ne faut-il pas que vous suiviez la rive gauche de la Seine.

Le tramway s'arrêta, tous deux descendirent.

— Qu'est-ce que vous voulez dire ? demanda le jeune homme légèrement interloqué.

— Vous le savez bien !

— Moi !... Ah que le diable m'emporte si...

— Venez donc prendre un bock avec moi, au lieu de faire l'étonné.

Bécasseau se disait :

— Je tiens mon Crawford, je le tiens !...

Sur la devanture d'un petit mastroquet voisin, se lisait cette inscription :

BOCK A 20 CENTIMES

Bécasseau avait aussitôt pensé qu'il pourrait accomplir à bon compte le dernier article du programme fixé par le *Moniteur des Missionnaires* pour décrocher la surprise.

L'inconnu accepta le bock en disant :

— Soit, mais c'est à charge de revanche, et parce que je veux que vous m'indiquiez ma route.

Bécasseau, sûr de lui, désormais, se contenta, pour toute réponse, de lui taper sur le ventre, en lui disant :

— Ta ! ta ! ta !... C'est pas tout ça ! Et la surprise.

— Dites donc, militaire ! Dites-donc ! fit le civil, un peu hautain.

— Y a pas de dites donc !... Je veux la surprise...

— Quelle surprise ?

— Allons ! Allons ! Vous le savez mieux que moi...

— Je vous jure !...

— Je vais bien vous clouer : je sais qui vous êtes...

— Bah !

— Vous êtes Henri Crawford...

— Moi ? le complice des Humbert ?

— Non !... L'autre !... Le bon !... Le Crawfort à la surprise !...

Et il lui tapa sur le ventre, avec plus de force encore que la première fois, familiarité que l'autre parut trouver excessive.

— Militaire !... Savez-vous que vous m'embêtez cordialement ?... s'écria-t-il de l'air d'un homme qui est à bout de patience.

— Oui dà !... fit Bécasseau avec une gaieté des plus exubérantes. Eh bien !... mon petit

Crawford, je vous embêterai comme ça jusqu'à ce que j'aie ma surprise.

— Nom d'un chien, vous voulez une surprise ? Eh ben ! Vous l'aurez !

— C'est pas trop tôt ! répliqua le fantassin entêté dans son idée, sans remarquer l'air féroce avec lequel le civil avait prononcé cette dernière phrase : Vous l'aurez.

L'inconnu se fit apporter du papier, une plume et de l'encre. Puis il demanda à Bécasseau :

— Votre nom ?

— Bécasseau, Thomas, Antoine, Mathurin, né à Laridon-les-Nouzilles, le...

— Ça suffit !... Où êtes-vous caserné ?

— À la Pépinière !

— Ça va bien !

Il écrivit quelques lignes sur une feuille de papier qu'il plia et mit dans une enveloppe. Il cacheta ensuite l'enveloppe la remit au troupier et lui dit :

— Rentrez de suite à la caserne, remettez ce pli au sergent de garde en arrivant. Il vous donnera la surprise.

— Ah !... Il est indispensable que...

— Absolument indispensable.

— Vous le dites, je vous crois !... Merci, mossieu Crawfort !... Et à la revoyure.

Dans sa hâte, il partit même sans payer les bocks. Il sauta sur un tramway qui revenait vers Paris, courut à la caserne, remit le pli au sous-officier de garde qui le décacheta. Alors Bécasseau demanda, la voix tremblante d'émotion :

— Qu'est-ce que c'est, la surprise, sergent ? Car vous savez, c'est une surprise que j'ai gagnée...

— La surprise, lui répondit le sous-off. C'est deux jours de boîte !

— Vous dites, sergent ?

— Je dis deux jours de boîte !

— C'est pas possible, sergent !... Vous avez mal lu...

— Dites tout de suite que je suis une bourrique, s'pèce d'andouille ! J'sais pas lire, peut-être ?... Faut-y que je vous rajoute un jour pour vous apprendre ?... Qu'est-ce qui vous a pris d'aller taper sur le ventre à un sous-off. de dragons !...

— A un sous-off ?... Moi ?...

— Dame !... C'est signé Adhémar, maréchal des logis de dragons... Paraît même que vous l'avez intitulé Henri Crawford !...

— Nom d'un pelochon !... Ça serait donc pas lui ?

— Qui, lui ?...

— Mais Henri Crawford, donc !

— Qu'est-ce que vous me chantez-là !... J'vas vous envoyer à la boîte voir si j'y suis...

Le sous-officier appela aussitôt le caporal de garde qui accourut avec son trousseau de grosses clefs et emmena le troubade qui s'écriait :

« Nom de d'là de nom de d'là !... Je comptais bien sur une surprise, mais pas de ce genre-là !...

Chemin faisant, il lui fallut subir, par surcroît, les questions pressantes de son ami Troupeau, le tambour de la compagnie, et d'une demie douzaine de camarades auxquels il avait annoncé qu'il reviendrait, le soir même avec une surprise d'une valeur considérable.

— Eh ben ! Bécasseau !... Eh ben ! la surprise !...

— Oui ! Je l'ai !... finit-il par leur crier, exaspéré... Oui ! Je l'ai !... Et si je pouvais vous en refiler la moitié, vous n'y couperiez pas !

Le lendemain, un superbe maréchal de logis de dragons vint le réclamer à la grille du quartier. Il s'y rendit, et reconnut sous l'uniforme flambant de la cavalerie, le civil qu'il avait pris la veille pour l'homme à la surprise.

— Bécasseau, mon garçon, lui dit le sous-off de dragons, je vous ai donné une punition bénigne avec un motif bénin. Mais ça n'est pas suffisant ; il me faut une lettre d'excuses très plate, que vous me mettrez à la poste aujourd'hui même, et dans laquelle vous me demanderez pardon des familiarités insupportables qu'un simple fantassin a osé se permettre avec un gradé de cavalerie, comme moi ! Vous ajouterez que vous reconnaissez l'indiscutable supériorité de la cavalerie sur l'infanterie... J'y tiens beaucoup ! Compris hein ?... « Voici mon adresse : Adhémar, maréchal des logis, 50° dragons, Ecole Militaire. » Si je n'ai pas la lettre demain, je vous repincerai au tournant.

Bécasseau fit demi-tour.

— Bon sang de bon sang !... fit-il. Y m'a déjà collé deux jours, et y veut une lettre d'excuses ?... Il est donc jamais content, ce client-là ?..

Et dans la cantine où il rinçait les verres

et versait des champoreaux, il trouva une demi-heure pour formuler la lettre demandée. Mais il voulut aussi se procurer le numéro du jour du *Moniteur des Millionnaires.*

— Nom d'un polochon !... gémit-il. Je m'ai trompé de direction !

Le journal de Bécasseau donnait, en effet, l'itinéraire suivi la veille par le véritable porteur de la surprise. Le vrai Henri Crawford était parti de la place qui se trouve devant l'église Sainte-Clotilde. Le monument public contenant un grand nombre d'hommes était la Chambre des Députés, située, en effet, tout près de là. La surprise avait été gagnée par un concierge du quartier qui avait suivi le monsieur dans toutes ses pérégrinations. Elle consistait en une loge pour le théâtre de Grenelle.

Le journal donnait aussitôt un autre problème avec une prime d'un million. Il s'agissait de compter le nombre de grains de sable que pouvait contenir une cafetière susceptible de contenir douze tasses de café.

Bécasseau termina sa lettre au sous-officier, et emporta une des cafetières de la cantine à la salle de police, le soir, en se disant :

— J'aurai ma revanche ! Je gagnerai le million ! Je vais compter les grains de sable toute la nuit.

Seulement, lorsque ce troubade qui n'était pas, somme toute, beaucoup plus bête qu'un certain nombre de millions de Français, fut introduit à la boîte par le caporal de garde, il poussa un cri vraiment déchirant.

— Qu'est-ce qu'il y a encore ? demanda le caporal.

— Ah ! caporal !... J'ai oublié..

— Quoi ?... Votre couverture ?

— Non ! D'emporter du sable.

— Du sable ?... Pourquoi faire ?... Pour récurer votre cafetière, andouille ?... Vous ferez ça demain !... C'est pas l'heure !...

Et il verrouilla la porte avec bruit.

II

L'ÉVASION DE BÉCASSEAU

Assis sur le lit de camp, les jambes pendantes, les coudes sur les genoux et la tête dans les mains, Thomas Bécasseau fourrageait dans sa chevelure, comme s'il avait dû y trouver le sable dont il avait oublié de se munir.

— Bon sang de bon sang ! gémissait-il, c'est-y du guignon, tout de même !

— De quoi, riposta un camarade de salle de police qui avait toutes les allures et le langage du faubourien de Paris. De quoi ! T'as oublié le trèfle, au moins ?

— Le trèfle ? demanda Bécasseau ahuri. Pourquoi faire du trèfle ?... Je mange pas de trèfle moi !... Cheux nous, on donne ça aux bestiaux !...

— Ben quoi ? Le trèfle !... Le tabac, si tu préfères.

Bécasseau revint pour quelques instants au sentiment de la situation.

— Tu m' prendrais pas, des fois, pour une gourdée, dis, spèce de bleu ? C'est pas un homme qui sera de la classe dans six mois, qui viendrait à la boîte sans tabac, quand il sait que les copains l'ont chargé d'en apporter.

Bécasseau, fouetté par la supposition injurieuse du fantassin se mettait en mesure de se déchausser.

— T'en as une santé, fit le titi qui répondait au nom de Ladalle. C'est dans tes croquenots qui tu l'as mis, le trèfle ? Ben, mon colon ?...

— Fallait l'entrer autrement, toi qui es malin, et puis, tu sais, si tu n'en veux pas, tu le laisseras.

— La ferme ! riposta l'autre, t'émotionne pas, vieux frère. Aboule toujours : V'là du papier, des allumettes, on va pouvoir en griller une... Dis donc, Fournotin, t'as la camoufle ?

Fournotin, dans le civil, avait été instituteur, c'était un ancien élève de l'Ecole Normale de Saint-Lupercc-Bouffechoux. Pour le moment, il s'était fait flanquer à la boîte par son caporal à qui il avait voulu persuader qu'il n'était pas admissible de placer un garçon aussi instruit que lui, Fournotin, sous les ordres d'un troubade qui avait deux galons de laine rouge sur ses manches, mais qui se trompait dans les règles de trois. Fournotin était l'intellectuel de son escouade.

— Oui, j'ai la chandelle, dit-il.

— Tu ne l'as pas *carrée* dans tes ribouis, au moins ?

— Mais si, il a bien fallu...

Et en disant cela, il exhiba la chandelle, aplatie, molle, inutilisable.

Ce fut un cri d'indignation dans toute la salle de police.

— Ben ! mon vieux ! Pour un homme instruit !...

Le faubourien montra alors un bout de chandelle intact qu'il alluma, et se donna le luxe d'humilier le scientifique Fournotin.

— Je ne sais pas ce qu'on t'a appris dans tes écoles, mais moi qui en sais moins long que toi, eh ben je sais la façon d'apporter une chandelle à la boîte sans me faire piger !...

— Et comment qu' t'as fait ?

— Je l'ai mise dans ma bouche et j'ai dit au caporal de garde que j'avais une fluxion, à preuve que le cabot m'a offert de me porter malade... Mais, je lui ai dit comme ça : « C'est pas la peine, y n'y paraîtra plus rien demain La salle de police, c'est supérieur pour les fluxions... Chaque fois que j'ai une fluxion je m'y fait mettre à la boîte... et ça fait partir mon mal !... »

Et tapant sur la cuisse de l'instituteur, le faubourien ajouta :

— C'est pas toi qui aurait trouvé ça !...

— Peuh !... répliqua Fournotin... je n'ai pas trouvé ça, c'est possible !... mais je trouverai autre chose que tu ne trouveras pas !... Chacun ses moments !...

Bécasseau prit la parole :

— Eh ben ! mon vieux !... Je voudrais bien que tu y sois, dans tes moments !...

— Oh ! répondit Fournotin... Et pourquoi ça ?...

— Parce que, mon vieux, j'ai un problème à deviner...

— A résoudre ! que tu veux dire, fit le soldel intellectuel. Un problème, ça se résoud... Qu'est-ce que c'est ?... Une règle de trois ?... Une racine cubique à extraire ?...

Et il s'avançait vers Bécasseau. Celui-ci se recula un peu effrayé.

— Je veux que tu m'extrayes rien du tout !... Rien du tout !... T'entends !... Depuis que je m'ai fait extraire une dent à la fête de Laricon, je veux plus rien savoir pour les extractions. D'abord, mon problème, tu ne pourra pas le deviner...

— Le résoudre !... Je les résous tous !...

— Pas celui-là !... As-tu du sable !...

— Du sable ?...

— As-tu du sable ? Si tu as du sable, ça va bien... Si tu n'en as pas, rien à faire !...

— Ah ! j'ai pas de sable !... Mais qu'est-ce que c'est que ce problème ?...

— Trouve-moi du sable ! je te le dirai !...

— Et si tu en trouves, qu'est-ce que tu en feras ?

— J'vas t'expliquer. Je lis tous les jours un journal qui flanque des primes mirobolantes. Et il doit donner un million à l'individu civil ou militaire qui comptera le nombre de grains de sable qui peuvent entrer dans une cafetière pouvant contenir six tasses...

— Eh bien ! c'est pas difficile, ça. Pas besoin de sable !... Avec un crayon et du papier...

— Je crois surtout, moi, qu'il faut de la patience. Alors je m'avais dit comme ça, pendant que je serai à la boîte, je les compterai les grains de sable et je gagnerai le million. J'ai pris une cafetière à Chapuzot le cantinier et j'ai marqué l'endroit jusqu'où monte le café quand on en verse six tasses dedans ; mais j'ai oublié d'apporter du sable.

Fournotin hocha la tête d'un air important.

— Il n'en faut pas beaucoup pourtant, fit-il.

— Tout de même, reprit Bécasseau qui sortit sa cafetière et montra le trait qu'il y avait à l'intérieur. Il en faudrait cinq bonnes poignées, mais là cinq bonnes !... Pas des mains d'enfant...

— Pour toi, peut-être, dit Fournotin, mais pour moi, il n'en faudrait qu'une demi-poignée et même pas.

— Tu dis ça !

Fournotin prit un ton de professeur au collège de France pour expliquer :

— Je dis ça et je le prouve. Suppose que je sache combien ça tient de place cent grains de sable et que je trouve après combien il faut mettre de fois cent grains de sable pour remplir la cafetière jusqu'au trait que tu as marqué...

— Peut-être bien, murmura Bécasseau qui avait peine à suivre ce raisonnement... Combien qu'il t'en faudrait de grains ?

— Peuh quelques-uns me suffiraient. Je déterminerai la capacité de la cafetière jusqu'au trait, la densité du sable, la quantité de grains en grammes ou en décigrammes et avec deux multiplications, je saurai le nombre de grains.

— Nom de d'là de nom de d'là !... C'est une chance que je t'aie rencontré, toi !... On a bien fait de te coller à la boîte ce soir !...

— Mais je sais faire des choses bien plus

difficiles !... Ah ! nom d'un polochon !... Quand on sort de l'école normale de Luperce-Bouffe-choux, vois-tu, Bécasseau, on est un lapin.

— Oui, mais tu garderais le million pour toi, si tu trouvais le problème... Alors, j'aime autant que tu ne le cherches pas !...

— Moi, je chercherai cette solution par amour de la science, tout simplement. Je te la donnerai pour rien et tu en feras ce que tu voudras... Le voilà, l'instituteur moderne !.. Regarde-le Bécasseau !... La science !... Rien que la science !... La science pour la science !..

— Vrai ?... tu ferais ça !

— Parole !

— Bon sang de bon sang. T'aurais-t-y asse› avec une vingtaine de grains de sable ?

— Pardi !

— Faut que je les trouve, y a pas. Manquer un million pour dix grains de sable ! faudrait être gourde vrai !

Bécasseau réfléchit un instant, puis il s'adressa au faubourien, à Ladalle, son voisin le plus proche :

— T'aurais pas quelques grains de sable dans tes poches ?

— Des grains de sable !

— Ben oui, quoi ? des grains de sable.

— Tu viens me demander des grains de sable à c't' heure-ci ?... C'est toi qu'en a un, di grain !...

— Et toi, Laduree, demanda Bécasseau, t'en aurais pas du sable dans tes poches ? Un petit peu de tripoli, par exemple ou du sable à récurer les gamelles ?...

Ladurce crut à une mauvaise plaisanterie. Il riposta par une autre question :

— Et toi ?... as-tu une fiole d'essence de gourde à me donner en échange ?

Bécasseau ne répliqua point. Il s'adressa au tambour de sa compagnie puni pour avoir crevé sa peau :

— Et toi, Troupeau ? lui demanda-t-il.

— Tout de même, au fond de ma poche je dois bien avoir de la poussière, j'sais pas quoi.

— Donne vite, fit Bécasseau.

Troupeau retourna une de ses poches et Bécasseau en recueillit avec un soin minutieux les miettes de pain, les débris de tabac, la peluche et la poussière amassées au fond.

— Regarde voir un peu, Fournotin. C'en est-i pas un, ça ?

— Oui, ça y ressemble.

— Mais non ! Tu sais bien qu'ils ne sont pas tous de même poids et de mêmes dimensions alors il en faut assez pour établir une moyenne.

— Ah bien, attends. J'vais chercher dans mes poches, cherche dans les tiennes aussi... Je suis toujours dégoûtant, plein de poussière. On me le reproche assez ! Ça serait malheureux que le jour où j'ai besoin de dix grains de sable...

Bécasseau n'eût pas plutôt plongé la main dans ses poches, qu'il poussa un véritable hurlement.

— De quoi ! de quoi ! fit Troupeau réveillé en sursaut, qu'est-ce qu'il a ce client-là. T'as pas bientôt fini de beugler ?

Mais Bécasseau ne se souciait guère de ce qui se disait autour de lui.

— Bon sang de bon sang ! Me voilà propre ! Ah là ! là !

Violemment, il jeta son képi par terre, se reprit à gratter son crâne soigneusement rasé par le perruquier de la compagnie et, brusquement, se mit à pleurer comme un veau.

— Mais, qu'est-ce qu'il a, c't' abruti ? J'vous demande un peu ? Qu'est-ce qu'il a ? s'écria Ladurec.

La douleur de Bécasseau était si violente, si évidemment sincère, qu'elle finit par émouvoir ses copains.

— J'vas passer au conseil, pour sûr... finit-il par dire entre deux sanglots. J'vous dis que j'vas passer au conseil.

C'était grave. On ne songeait plus à rire.

— Explique-toi, fit Fournotin.

— La lettre... Elle est dans ma poche, la lettre ! Je viens de la retrouver ! C'est le conseil, c'est Biribi, c'est tout, quoi !...

— Parce que tu as oublié de mettre une lettre à la poste ? C'est possible ? Mais quelle lettre ?

— Puisque je vous le dis !

Bécasseau continuait à se lamenter. Un cercle s'était formé autour de son bruyant désespoir. Et le bout de chandelle allumé, projetait, sur le mur blanc, leurs ombres consternées.

— Explique-toi, nom d'un polochon ! au lieu de hurler ! cria Troupeau. Pourquoi que tu dois passer au Conseil, rapport à une lettre qui n'a pas été mise à la poste en son temps et lieu ?

— J'vas vous l'expliquer, gémit Bécasseau.

Il leur raconte l'équivoque funeste dans laquelle il avait pris un sous-officier de cavalerie en civil pour un homme, chargé de lui délivrer une prime. Bécasseau avait écrit la lettre d'excuses demandée, mais il avait oublié de la mettre à la poste !

— A ta place conseilla Fournotin, j'écrirais au ministre de la guerre...

— Fais pas ça !... objecta Troupeau. T'es pas assez protégé. Et même, si t'es pas sûr que ton père vote pour le gouvernement, ça peut-être dangereux !... Faut envoyer cette lettre d'excuses le plus vite posible !...

— Oui, dit Bécasseau. Voilà ! Mais comment ?

— Pour qu'elle parte, faut qu'elle soit mise à la poste ! dit Fournotin.

— Tiens ! L'homme instruit ! clama le faubourien. Il a trouvé ça tout seul !

— Et pour qu'elle soit mise à la poste, il faut que tu la portes à la boîte aux lettres du corps de garde.

— Pardi ! Mais c'est plus facile à dire qu'à faire puisqu'on est bouclé !...

— Mais pour sortir d'ici, déclara Troupeau, c'est facile...

— Oh ! facile ! ricana Fournotin.

— Parfaitement, très facile même, mais pour sortir de la caserne, c'est autre chose !...

— Et faudrait que je puisse mettre ma lettre à un bureau, pour que l'ostrogoth la recoive demain matin !... Il l'a veut pour demain matin !

— Alors y a pas moyen ?

Ladurec, se frappant le crâne, s'écria tout à coup :

— J'ai toujours un truc pour te faire sortir d'ici. Après, tu te dégrouilleras pour sortir de la caserne !...

Bécasseau secoua la tête comme un homme qui sent qu'il n'y a plus à lutter contre le courant qui l'entraîne aux abîmes.

—Allons ! dit Ladurec, secoue-toi, cherche un peu. J'vas toujours te mettre hors de la boîte. Le grand air te fera peut-être pousser une idée... Fournotin, la camoufle ?

— Qu'est-ce que tu veux en faire ?

—T'en occupe pas. Passe-moi le suif.

Troupeau lui passa le bout de chandelle qui arrivait près de sa fin.

— Pressons-nous, lui dit-il, elle ne fera pas long feu...

Troupeau s'assura que, comme il avait cru le remarquer, la serrure de la salle de police était vissée du côté intérieur. Il tira de sa poche son couteau dont il se servit comme tournevis.

— Bon sang, dit-il, que c'est dur ! C'est rouillé dans le bois. On va essayer tout de même.

Il approcha de la serrure la flamme de la chandelle et fit chauffer les têtes de vis. De légers craquements annoncèrent que le fer en se gonflant faisait jouer le bois.

— Là, attendez un peu... J'ai-z-été maréchal-ferrant, dit-il. Le fer, ça me connaît.

Ensuite, il éteignit la chandelle et quand la serrure fut refroidie, il essaya de nouveau de la dévisser. Cette fois, il fut content.

— Ça va tout seul ! dit-il.

— Mais le verrou ? demanda Fournotin.

— T'as pas vu qu'il était disloqué, hé ! tête

à claque ? Est-ce que tu crois que j'aurais proposé ça à Bécasseau si je n'avais pas vu que le verrou était en réparation ? Allez ! Bécasseau, va, file !...

Bécasseau fila. En sortant il dit à Troupeau :

— Nom d'un polochon !... L'air est froide mais elle donne des idées !... J'ai une idée pour sortir de la caserne !... Elle est lumineuse mon idée !... Dangereuse, mais lumineuse !...

— Dis-la voir, avant de partir ? demanda le tambour.

— Je vous la conterai en revenant de mettre ma lettre à la poste... Ça ne va pas être long !... A tout à l'heure ! Mais ne revissez pas la serrure avant, nom d'une pipe !

Bécasseau venait de se souvenir que l'adjudant Labrisque, parti en permission pour aller recueillir un petit héritage, lui avait confié, avant de s'en aller, un uniforme qui avait besoin d'être dégraissé et détaché.

— J'enfile la tenue de l'adjudant, s'était-il dit. Il fait nuit, on ne me reconnaîtra pas et en voyant les galons d'un gradé, le sergent de garde n'aura pas l'idée de venir voir qui est-ce qui sort de la caserne... Le caporal de garde m'ouvrira...

Malheureusement pour Bécasseau, ça ne rata pas en effet. Il avait laissé l'uniforme de l'adjudant dans le logement de ce sous-officier dont il conservait la clef. Il y parvint sans être vu, se déshabilla et se rhabilla en deux minutes. Puis, le cœur battant, traversa la cour du quartier, déserte, à cette heure déjà avancée de la nuit.

Auprès du poêle du corps de garde, le sergent de service fumait une cigarette. Dans l'obscurité il vit briller les galons du dolman revêtu par Bécasseau et ne se dérangea pas. Le caporal de garde vint ouvrir la porte.

Bécasseau, par surcroît de précautions, se tenait un mouchoir sur la joue et se cachait toute la figure, en disant :

« Bon sang de bois !... Pourvu que je trouve un dentiste à cette heure-là ! »

Quand il fut dehors, il poussa tout de même un soupir de soulagement.

— Et maintenant, se dit-il, dare dare au bureau de poste.

Le troubade faisait des enjambées énormes. Il fut en quelques minutes au bureau de poste du boulevard Haussman, n'ayant jamais voulu jeter sa lettre dans une borne postale, pour qu'elle partît plus vite et que le farouche sous-off. de dragons ne vînt pas à la caserne le lendemain matin, lui dire : « Ah ! vos excuses ne sont pas encore arrivées ?... Eh bien ! mon garçon !... Votre compte est bon ! »

On ne voit pas d'ailleurs comment ce sous-off. qui avait surtout voulu faire une fumisterie à un fantassin, eût puni une seconde fois Bécasseau.

Il se trouvait lui-même en faute, puisqu'il était en civil sans permission. Mais Bécasseau était ce qu'on appelle un trouillard. Et c'est une peur imbécile, irraisonnée qui venait de lui faire accomplir son exploit.

Et c'est qu'il en était fier, l'imbécile, en se

considérant dans les glaces des boutiques éclairées par les becs de gaz.

— Faut tout de même être malin, pensait-il, pour faire ce que j'ai fait ce soir... C'est pas un bleu qui aurait trouvé ça, ni même cet imbécile de Lartichaud, un homme de la classe pourtant...

Avant de jeter dans la boîte la lettre, qu'il venait de sortir de sa poche, Bécasseau en vérifia la suscription :

MOSSIEU ADHÉMAR
souzoficié o 50e drague kon
allez kolmili terré
Parri

...Et un timbre, bon sang, j'ai oublié de mettre un timbre !

Allongeant son cou maigre, Bécasseau regarda de tous côtés pour apercevoir un débit de tabac. Il était un peu plus de onze heures et le bureau de poste était fermé.

— Qué guignon, tout de même, qué guignon.

Bécasseau reprit sa course et finit par trouver ce qu'il cherchait.

Un timbre à dix s'il vous plaît, madame... dit-il à la buraliste qui sursauta en voyant ce sous-officier d'allure bizarre pénétrer chez elle en coup de vent.

—Non ! pas de timbre, merci ! s'exclama presqu'aussitôt ce singulier client avec un accent de désespoir.

Bécasseau partait comme un fou, tout en soliloquant à haute voix :

— Ben, me v'la frais. J'ai oublié de prendre mon argent... et y a pas un sou dans les poches de l'adjudant ! Qu'est-ce qu'il fait donc de tout ce qu'il touche, celui-là ? Cette fois, je suis bien fichu !... L'autre va être furieux, s'il est obligé d'affranchir une lettre à quatre sous en la recevant.

Le malheureux s'affaisse sur un banc.

—Ma sœur, s'écria-t-il soudain. Faut que je voie ma sœur. Elle ne me refusera pas deux sous. Il n'est pas encore onze heures et demie ; en allant vite, je puis être au boulevard Saint-Michel avant minuit... Pas accéléré, en avant... arche !

Dans son impatience, Bécasseau ne marchait pas, il courait, prenant la chaussée pour aller plus vite et ne pas être gêné par les promeneurs qui encombraient les trottoirs.

Sa sœur était domestique chez un dentiste du boulevard Saint-Michel, M. Ziepressembaum. La porte de l'immeuble habité par ses patrons était fermée à dix heures et Bécasseau savait, par expérience, qu'à partir de minuit on ne laissait pas un étranger s'engager dans l'escalier. Aussi filait-il comme une flèche, à la grande stupeur des gens, devant lesquels il se livrait à ce record de pas de gymnastique, en tenue d'adjudant.

Il trottait derrière un fiacre, quand des cris de frayeur, une galopade furieuse, des hurlements de cochers, l'arrachèrent à son idée fixe. Il voulut voir ce qui provoquait cet émoi et quitta l'abri du fiacre, tout en continuant de courir, juste à temps pour se jeter dans les jambes d'un cheval emporté, attelé à un coupé dans lequel deux femmes apeurées appelaient éperdûment au secours.

Bécasseau allait être écrasé. Instinctivement, il s'accrocha à la crinière du cheval et aux rênes qu'il put saisir à temps. Il fut traîné ainsi sur un parcours de dix à quinze mètres ; le cheval se calmant peu à peu, Bécasseau reprenait pied. Il asséna deux ou trois coups de poing sur le mufle de la bête comme il faisait parfois chez lui pour corriger la maigre haridelle qui tirait la charrue de son père.

— Bravo ! Bravo ! Vive l'armée !

Quinze, vingt, trente présonnes, toute une foule se pressait autour de Bécasseau, tout étonné de cette ovation soudaine.

—Quel courage, disaient les uns !

— Et quelle présence d'esprit, renchérissaient les autres.

Un gardien de la paix s'approcha, un calepin à la main.

—Votre nom, s'il vous plaît, mon adjudant, il faut que votre acte de dévouement soit porté à la connaissance de la place.

— Mais non, mais non, ça n'est pas la peine.

— Pas de fausse modestie, monsieur dit l'une des dames, qui se trouvaient dans la voiture et qui venait d'en descendre. Je suis la femme du colonel du 250e et je tiens à ce que le colonel remercie mon sauveur et celui de sa fille.

— Madame, je ne l'ai pas fait exprès !

Oh ! Bécasseau n'avait pas l'air d'un triomphateur, allez !

Il cherche à s'échapper.

— Je suis pressé, gémissait-il. C'est dégoûtant si on ne peut pas arrêter un cheval emporté, sans que ça vous empêche de faire vos affaires !

Vingt poignes vigoureuses se tendirent en travers de sa route.

—Son nom ! son nom ! Vive l'armée !

— Adjudant Labrisque, du 250me, murmura faiblement Bécasseau qui se sentait rouler dans un abîme de complications.

L'agent s'éloigna, la femme du colonel remonta en voiture, son cocher qui était tombé du siège ne s'était pas fait grand mal et ayant rejoint son attelage.

Mais Bécasseau ne put prendre le large. Dix citoyens transportés d'admiration pour lui, l'avaient placé au milieu d'eux et l'avaient entraîné de force dans un café voisin pour lui offrir un punch d'honneur.

— Un punch d'honneur ! gémit Bécasseau intérieurement. Et s'il y a contre-appel dans les locaux de punition, ce soir, c'est moi que je vas être frais !...

De vous à moi, il fallait vraiment éprouver le besoin de mettre une lettre à la poste pour arriver à traverser autant d'aventures en une seule heure !...

III

TRISTES SUITES D'UNE DISTRACTION

Les toasts succédaient aux toasts et les tournées aux tournées.

Bécasseau avait déjà pris trois punchs, deux demies et quatre chasse-bière quand il se rappela tout à coup le véritable but de sa sortie de la caserne et les péripéties qui en étaient résultées.

— Qu'est-ce que vous prenez, mon lieutenant ? lui demanda un calicot loustic, frais émoulu du régiment.

Bien qu'énormément flatté par le titre qui lui était ainsi décerné à brûle-pourpoint, le troubade voulut se montrer à la hauteur des circonstances.

— C'est fini, dit-il, je ne prendrai plus rien... Cependant, si vous m'offriez un timbre-poste, je l'accepterais avec bonheur... Mais ce serait la seule consommation qui me fasse plaisir...

C'était génial ! Du moins, Bécasseau le pensait.

On le regarda avec un peu de stupeur,

—Il est un peu maboul, l'adjudant, chuchota l'un des admirateurs de Bécasseau à son voisin.

— Oui, il a des allures bizarres, mais il a du sang-froid, de la décision et du courage !... Pour un soldat, avoir du courage, c'est le principal !...

— Oh ! du courage, il en a ! Mais il a l'air un peu gourdée.

— Faut pas se fier aux apparences...

— Un timbre-poste ! s'exclamait le loustic qui avait appelé Bécasseau mon lieutenant, deux, si vous le voulez, mais prenez aussi quelque chose de liquide...

— Alors, deux timbres-poste et un champoreau, pour me remettre les idées en place, acquiesça Bécasseau qui se voyait enfin tiré de l'embarras d'être sorti sans argent.

Mis en belle humeur à la vue des deux timbres apportés par le garçon dans une petite soucoupe, à côté d'un grand plateau rempli de verres pleins, Bécasseau se laissa aller à boire encore quelques consommations.

Peu à peu, le cercle formé autour de lui s'éclaircissait, il ne resta bientôt plus, au près de Bécasseau, qu'un individu de mise débraillée qui n'avait rien payé de toute la soirée, mais qui n'en commandait pas moins à toute minute, au garçon sans défiance, une nouvelle tournée et des cigares.

— Vous permettez, lui dit Bécasseau, j'ai une lettre très pressée à écrire.

Il se fit apporter un buvard, de l'encre, du papier à lettres et des enveloppes.

... Pourquoi Bécasseau avait-il pris deux timbres, et à qui voulait-il écrire ?

C'est bien simple. Il s'était souvenu que Lartichaud avait son ceinturon, à lui, Bécasseau, dont les reins étaient sanglés par le ceinturon de Lartichaud, au mépris des réglements. Et Lartichaud, on le sait, était caserné à la caserne Penthièvre.

D'une écriture, qu'un tremblement insolite, rendait plus baroque qu'à son ordinaire, il commença à tracer sur une enveloppe, l'adresse de son camarade :

MOSSIEU LARD TICHE CHAUD
Saule dade deuziaime clace dinfanderi
Troiziaime compe hagni
Cazern Pantiaivre
Parri.

Après avoir admiré avec une complaisance excessive sa calligraphie qu'il mit à sécher sur un coin de la table, Bécasseau reprit la plume et écrivit à Lartichaud :

« Espaice de viele bourique,

« Si tu crois queue c'es malin ce queu t'as « fai hier chai le marchande vin tu te trompe. « Je te l'envoi pa dir, tu n'ais qu'une poche- « taie, un idiau, une saloperi d'homme, que si « je te tenai je te ficherai des cou de godiyau « dans lège ancives.

« Tu vas me raporté ma bayonète et me « fair des escuses ou san ça si je vas te cher- « chai y aura du grabuje, jeu t'en prévien, es- « paice de malotru d'andouille. »

BÉCASSEAU.

Très satisfait de la rédaction de cette lettre, Bécasseau éprouva le besoin de relire sa lettre d'excuses au maréchal des logis Adhémar.

L'enveloppe, d'ailleurs, dans ses poches graisseuses, s'était salie et il se proposait d'en remettre une autre bien propre. Après tout saperlotte, il s'était donné assez de peine pour expédier à temps cette lettre d'excuses. C'eût été vraiment dommage d'indisposer le terrible sous-off de cavalerie par de petits détails tels qu'une enveloppe graisseuse, alors que le buvard du café en contenait de si blanches à discrétion.

Il relut donc sa prose :

« Maréchal des logi,

« Jeu sui dans un désespoire cent limite « d'avoire oublié lez marques de respek queu « tout inférieure doi à son superieure, mai « come vou n'étiez pa en tenu militaire je « pouvais pa deviné queu vou zétiez un saule « da gradé.

« Pour ceu qui est de vous zavoire appelé « Craford, cé mon journale qui en est la cose « mai je vous en fai tou de maime mes excuses « tou ce qu'il y a de plus grand.

« Paçon à la surprise queu jeu vous de- « mandé, j'ai recour à votre induljance, c'es « toujours raport à mon journal, qui est une « saloperie de journale, je m'en a persoit au- « jourd'hui pasque sai surprize c'est des sales « blagues... Je vai encore essayé la cafetierre « aux grains de sable, et puis ça sera tou...

« Paçon au boque que je vous ai laicé payer

« apres que je vous l'avai aufer, jen sui désolé, « mai jeu sui décidé à vou rem bourser sur « mon prai, pourvu que vous me pardonnerai « car jeu suis tellement inquiet queu jean ai « une fiaivre de chevale.

« A propo de chevale, marécħal de logi, jeu « tien à vou dir queu jen suis tellement de « votre avi, au sujet de la supériaurité de la « quavallerie sur l'infante rit, queu jen croi « que l'infanteri ne vodra la quavallerie que « si on la met à chevalle.

« Sur ce, maréchal des logis, jeu vous adrèce « tous mai regrait et mai salus les plus mili- « taires. »

« BÉCASSEAU »

... S'il n'est pas content avec ça pensa Bécasseau, c'est qu'il sera difficile, le marchi.

Il refit l'adresse, sur une enveloppe blanche, la laissa sécher auprès de l'autre et s'aperçut qu'il était seul en face de nombreux verres vides et de soucoupes aussi nombreuses auxquelles il ne prit pas garde.

— On va fermer ! vint lui dire un garçon.

— Déjà, fit Bécasseau qui s'aperçut avec terreur qu'il était près de deux heures du matin.

Les enveloppes étaient sèches, hâtivement, Bécasseau y glissa les lettres, se leva, boucla son ceinturon.

— Et mes timbres ! s'exclama-t-il.

Il n'y avait plus de timbres dans la petite soucoupe.

— Il y a pour quatre francs vingt de cigares et de consommations, fit remarquer le garçon.

— Eh ben ! qu'est-ce que ça me fait ?

— Comment !... Ce que ça vous fait ?... Elle est bonne !

— Mais, c'est payé, que je superpose !

— Non ! c'est votre ami, celui qui est resté le dernier avec vous, qui a commandé tout ça, et il n'a rien réglé.

— C'est lui qui a commandé, vous voyez bien, fallait le lui faire payer ! Nom d'un polochon ! Z'êtes un drôle de garçon de café !

— Il était avec vous, vous l'avez laissé partir... C'est vous qui êtes responsable... Moi, je m'en f... Faut payer !...

— Bon sang de bon sang, mais qu'est-ce que j'ai fait pour que tout le monde s'acharne après moi comme ça, ce soir ! s'écria Bécasseau qui fut pris d'une nouvelle crise de désespoir.

— Y a pas d'acharnement, dit le garçon, payez et on vous laissera tranquille... Quatre francs, ce n'est pas la mort d'un homme.

— Si je les avais, pour sûr que je vous les donnerais... mais je ne les ai pas !...

— Quand on a pas le sou, on n'entre pas dans un café.

— On m'a invité ! J'ai pas demandé à y entrer, moi, dans votre turne de café !... Et avec quoi que vous voulez que je vous paye ?

Le garçon était sans doute un ancien électeur de M. Mesureur.

— Je m'en f..., répliqua-t-il simplement, pour la seconde fois.

Du désespoir, Bécasseau passa à la fureur.

— Espèce d'apache, proféra-t-il.

L'explication s'envenimait.

— Andouille !

— Filou !

— Pochetée !

— Purée !

— Purée, répéta Bécasseau au paroxysme de la rage. J'vas te faire ravaler ce mot-là !... Ah ! la purée !...

— Ils vont se boulotter, cria joyeusement un petit voyou qui glissait sa tête curieuse par l'entrebaillement de la porte.

Le garçon et Bécasseau en venaient aux mains. D'autres garçons intervinrent et le patron, enfin tiré de sa somnolence par le tumulte courut rétablir l'ordre.

— Très embêtant, cette histoire-là, conclut-il. Voyons, militaire, on ne boit pas avec des gens qu'on ne connaît pas.

— Mais, c'est eux qui payaient.

— C'est eux qui payaient !... Vous voyez bien qu'ils ne payaient pas souvent, puisqu'ils vous ont laissé pour quatre francs vingt de consommations... Qu'est-ce que vous allez faire?

— Mais, je ne sais pas, moi.... Tout ce que je demande, c'est d'aller retrouver ma salle de police...

— Voyons, Louis, vous allez faire crédit à ce militaire qui reviendra vous payer. N'est-ce pas militaire !...

— Bien sûr, fit Bécasseau d'un ton peu convaincu.

— Je ne le connais pas, moi, dit le garçon de café ; et puis, il est mal embouché...

Le patron faisait de la générosité à bon compte. On sait qu'à Paris, les garçons de café sont responsables des consommations qu'ils ont servies.

— Je ne vous demande pas si vous voulez ou si vous ne voulez pas ! dit le patron. Il ne s'agit pas d'un petit galvaudeux de fantassin, mais d'un sous-officier, d'un adjudant !... Il va vous donner son nom, vous avez le numéro de son régiment, vous êtes sûr de vous faire régler. Je ne veux pas de scandale dans la maison... Allons ! votre nom ?

— Bé... commença Bécasseau.

— Bé... quoi ? fit le garçon.

— Labrisque, adjudant Labrisque énonça Bécasseau se reprenant à hésiter.

De fait, il ne pouvait pas dire qu'il était le soldat de deuxième classe Bécasseau quand il avait un uniforme d'adjudant sur le dos !... S'il disait son nom, il pouvait même être puni pour être sorti indûment revêtu de l'uniforme d'adjudant et le malheureux ne s'était engagé dans cette aventure que pour éviter le conseil de guerre !...

Il répéta avec aplomb.

— Labrisque, je vous dis, je suis l'adjudant Labrisque... Comprenez pas le français ?...

Et quand il fut dehors :

— Me voilà frais... Moi ! Et mes timbres ?

Avec la résolution du désespoir il rentra dans le café et s'avança vers le patron.

— J'avais pris deux timbres ; on me les a emportés... Puisque nous sommes en compte redonnez-moi deux autres timbres !...

Le patron trouva la réclamation tout de même excessive.

— Vous avez du toupet, vous ! Voulez-vous bien vous en aller !

Bécasseau manquait d'allure : malgré l'uniforme emprunté à Labrisque, il n'arrivait pas à en imposer et le patron le mit à la porte.

— Tant pis ! J'en ai assez, s'écria alors le troubade... J'vas la mettre à la poste comme ça, sa satanée lettre au brigadier. Demain j'y en écrirai une autre ; si celle-là n'arrive pas, ça lui expliquera pourquoi et ça lui prouvera que j'y ai mis de la bonne volonté...

Et celle de Lartichaud aussi, j'vas la mettre à la poste. Il croira peut-être que c'est quelqu'un de chez lui qu'a oublié de mettre un timbre et ça lui fera dépenser quatre sous. Tiens, mais tant mieux que ça lui fasse dépenser quat' sous, à ce mufle-là qui me prend ma baïonnette et qui me laisse la sienne !

Bécasseau aurait pu penser que lui aussi s'était trompé... Mais le sort s'acharnait depuis quelques heures sur lui, avec tant d'injustice, qu'on peut bien l'excuser de montrer si peu d'indulgence pour son copain Lartichaud.

Bécasseau jeta donc les lettres à la poste sans les affranchir et rentra à la caserne en mettant son mouchoir sur sa joue et en changeant sa voix pour murmurer devant le caporal qui vint lui ouvrir :

« Cochon de dentiste !... Ça me fait plus mal qu'auparavant. »

De cette façon le caporal ne vit pas plus sa figure que lorsqu'il était sorti.

Il alla quitter l'uniforme de l'adjudant Larisque et regagna la salle de police où ses copains dormaient...

— Bon sang ! Et la porte qu'était ouverte. Si on était venu tout de même... Tas de pochetées va ! s'écria-t-il.

Il voulut revisser la serrure mais n'y réussissant pas, il essaya de réveiller Ladurec qui l'avait dévissée.

— Ladurec, fit-il ohé ! Ladurec !

— Fiche-moi la paix, laisse-moi dormir.

— Mais la porte ?

— Quoi la porte. Ferme-la ! Ferme-la !

— Qu'est-ce que tu dis ? Pourquoi que tu me dis : La ferme ?

— Je ne te dis pas : La ferme ! je te dis : Ferme-la ! et ferme aussi ta bouche...

— La bouche je peux, mais la porte je ne peux pas !

— Andouille ! abruti ! C'est bien la peine de te rendre service pour que tu embêtes les gens après... Je vais la revisser la serrure, mais si tu as jamais besoin de sortir encore, t'adresse pas à moi, tu sais !

Bécasseau ne se sentait plus la force de regimber contre les outrages. D'ailleurs maintenant qu'il n'était plus stimulé par l'imminence des divers dangers amoncelés sur sa tête, il ressentait les effets de l'alcool copieusement ingurgité dans la soirée.

Sa langue s'épaississait, lui semblait-il, au point d'emplir sa bouche ; elle était sèche et rugueuse comme une râpe. Ses tempes battaient, ses jambes fléchissaient et le sol se dérobait sous elles, si bien qu'il alla tomber sur le lit de camp. Tout tournait autour de lui, mais cela ne dura pas longtemps, car terrassé par la fatigue, les émotions et l'alcool, il s'endormit lourdement..

Le lendemain matin, il faisait la corvée de quartier, les idées vagues encore et les bras mous, quand on l'appela au corps de garde.

Bécasseau eut une sueur froide en reconnaissant l'homme qui le demandait.

Sanglé dans un dolman, ganté de blanc, le maréchal des logis Adhémar mordillait sa moustache avec impatience et ce signe parut du plus mauvais augure à Bécasseau qui voulut tout de suite conjurer le danger.

— Marchi, je vais vous dire, j'avais pas d'argent, alors je l'ai pas affranchie.

— Qu'est-ce que vous n'avez pas affranchi ?

— La lettre d'excuses, vous savez bien.

— Ah ! Vous l'avez écrite cette lettre ?

— Écrite et envoyée, oui, marchi. Même que ça m'a donné un tintouin, vu que j'étais à la boîte et qu'après comme je vous dis j'avais pas le sou pour l'affranchir et qu'on me réclamait quatre francs vingt.

— Est-ce que vous voudriez vous fiche de moi ?

— Pardon, excuses, marchi ! J'aimerais mieux n'importe quoi que de me fiche de vous...

— Bon ! Votre lettre je ne l'ai pas reçue !

— Rapport à ce qu'elle n'était pas affranchie, probable. Mais vous pouvez la réclamer, marchi, je vous rembourserai les quat'sous, pas maintenant vu que je n'ai rien et que j'ai à payer quatre francs vingt..

Bécasseau était absolument affolé. Pourquoi parlait-il de ces quatre francs vingt ?

— Ce que vous avez à payer ne me regarde pas. Je vous tiens quitte des quat' sous et je ferai réclamer la lettre par le vaguemestre, s'il la refuse. Elle doit être drôle votre lettre, j'imagine...

— Oh marchi, j'ai fait ce que j'ai pu. Je crois que vous serez content. Je peux vous la réciter, si vous voulez, ça vous économisera quat' sous...

— Non, je n'ai pas le temps... Savez-vous pourquoi je suis venu ?

— Non, marchi, répondit Bécasseau, qui vit une menace dans ces paroles du sous-officier. Mais si c'est rapport à ce que vous croyez que je ne vous ai pas obéi, vous vous trompez. La lettre d'escuces est partie, et bien partie.

— Ce n'est pas pour ça. J'ai voulu voir si vous étiez un honnête garçon et si vous aviez remis au sergent de garde le mot que je vous avais remis pour lui... Hier je n'ai pas pensé à m'en assurer. Je vois que vous avez exécuté la consigne... Je vais faire lever votre punition... Un jour de boîte, c'est assez...

— Oh merci, marchi, merci !

— Y a pas de quoi ! Une autre fois surveillez-vous et ne soyez pas trop familier avec les gens que vous ne connaissez pas...

— Oui marchi. Vous êtes un bon marchi !...

Tout en sautant de joie Bécasseau remontait à sa chambrée quelques instants plus tard. Mais il avait à peine eu le temps, de procéder à quelques ablutions destinées à lui éclaircir les idées, qu'il fut demandé une seconde fois au corps de garde.

— Bon sang de bon sang ! Pourvu que ça ne soye pas encore le marchi et qu'il ne me fasse pas remettre au clou !

Ce n'était pas le maréchal des logis Adhémar, c'était Lartichaud qui attendit son copain à la porte de la caserne, mais un Lartichaud furieux, blême de colère, avec des yeux en boules de loto. Il s'était fait mettre par son caporal, de corvée de pain, et il avait obtenu de quitter une minute la corvée. Il était en veste et en pantalon rouge.

— Andouille ! pochetée ! cria-t-il dès qu'il aperçut Bécasseau.

Celui-ci ne fit pas attendre la réplique.

— Bourrique ! hurla-t-il.

L'explication allait devenir violente. Un incident inattendu y coupa court. Lartichaud mit sous le nez de son ami une lettre dont les dimensions étonnèrent celui-ci.

— C'est y toi qui m'a envoyé cette lettre, dis, andouille, avait repris Lartichaud.

— Cette lettre, montre-là cette lettre ! répondit Bécasseau qui n'eut pas plutôt jeté les yeux sur le papier et sur la première page de la lettre reçue par Lartichaud, qu'il fut obligé de s'appuyer contre la grille, tant son émotion fut grande.

— Cette fois ça y est, j'suis fichu. Mon pauvre Lartichaud, c'est la fin de tout, c'est le conseil, c'est Biribi, c'est tout quoi.

Lartichaud se calma un peu, mais il n'était

pas encore très disposé à compâtir à la douleur de Bécasseau, dont la figure attristée l'avait pourtant un peu ému.

— Pourquoi que tu l'as pas affranchie, la lettre, dis ? Moi, j'attendais justement une lettre de mon parrain, avec un mandat... J'ai cru qu'il avait oublié d'affranchir ou que le timbre s'était décollé, alors j'ai donné les quat'sous. Tu vas me les rendre.

— Je suis fichu, larmoyait Bécasseau... Et moi que j'ai dit au marchi de réclamer sa lettre ! Non, mais j'étais-t-y assez gourde ! Ah bien, j'suis frais, mon pauvre colon je suis frit !

Dans sa précipitation, la veille au soir, au café, Bécasseau s'était trompé d'enveloppe.. Il avait mis sa lettre d'excuses au brigadier dans l'enveloppe portant l'adresse de Lartichaud, et la lettre d'injures écrite à Lartichaud dans l'enveloppe destinée au brigadier, enveloppe qu'il avait refaite, on le sait, pour qu'elle fût plus propre.

— Mais qu'est-ce que t'as donc ? demanda Lartichaud.

— J'ai que je suis sûr d'aller à Biribi.

— Toi ?

— Oui ! Moi ! Y a pas d'erreur.

— Pourquoi ?

— Parce que v'là un sous'off de cavalerie qui m'enlève ma punition, qui me tire du conseil de guerre, et des compagnies de discipline et qui va recevoir de moi pour tout remerciement une lettre ous que je le traite d'andouille et de vieille bourrique... Ah je suis frais.

— Mais aussi, n'en v'là des idées de fourrer des choses pareilles dessus le papier !

— C'était à ton intention, pochetée ! Pour te réclamer mon ceinturon et ma baïonnette !

— Eh bien ! Je suis pas fâché de ce qui t'arrive, c'est le Bon Dieu qui t'a puni quiens ! Çà t'apprendra à injurier les autres par lettre non affranchie... Pour ce qui est de ta baïonnette, tu viendras la chercher !

— Tu pourrais pas me la rapporter ?

— Non !... Je veux que tu viennes !... et que tu me fasses des excuses !

Une heure après, Bécasseau alla à la caserne Penthièvre pour y faire l'échange des baïonnettes. Mais il avait l'air si malheureux que Lartichaut vit bien que son affaire était sérieuse.

— Nom d'une bobinette ! Bécasseau, t'es un mufle, lui dit-il, mais je ne voudrais pas te voir passer au Conseil... S'il y a un moyen de te tirer d'affaire, je marche...

— Y en a un, mais faut se dégrouiller ! Faut pas que la lettre au brigadier arrive. Tout est là ! s'écria Bécasseau.

— C'est çà, faut pas que la lettre arrive, corrobora Lartichaud.

IV

L'ATTAQUE DE LA MALLE-POSTE

— Comment faire pour la ravoir cette lettre, demanda Lartichaud.

— Çà, je ne sais pas. Commence par te mettre en tenue et par sortir avec moi, on causera de çà en route.

Lartichaud remonta à sa chambrée, passa son pantalon, sa capote, dans laquelle Bécasseau dessina les deux plis réglementaires et boucla son ceinturon.

— Maintenant en route ! dit-il, où allons-nous ?

— Ben, mon vieux, j'ai une idée.

— Dis voir.

— On va faire le même chemin que la lettre et tâcher de la rattraper. Ce sera long, mais nous finirons par y arriver.

— Je veux bien, moi. Par où commençons-nous ?

— Allons à la boîte.

— A la boîte ?

— Oui, à la boîte aux lettres, je voulais la mettre à un bureau, mais je n'ai pas eu le temps, alors je l'ai jetée dans une borne postale au coin de la rue de la Pépinière.

Lartichaud et Bécasseau marquèrent le pas stoïquement, pendant une heure et demie, devant la borne postale, dont un facteur vint à la longue faire la levée.

— Pardon, excuse, m'sieu le facteur, où qu'c'est que vous les portez les lettres ? demanda Bécasseau.

Çà ne vous regarde pas ! répondit le facteur qui était bourru.

— Si çà ne me ragardait pas, pensez bien que j'vous attendrais pas là depuis une heure et demie. Pas vrai, Lartichaud ?

— C'est vrai c'qu'il dit, affirma Lartichaud. C'est absolument vrai !... Et c'était pas la peine de faire si longtemps le poireau pour avoir une réponse pareille !

Çà m'est équilatéral, fit le facteur, je suis en retard, et j'ai pas de temps à perdre à la conversation... D'abord, je suis pas un bureau de renseignements !...

Le facteur avait fourré les lettres dans un grand sac en cuir et refermé à clef la petite porte de sa borne postale.

Il s'éloignait, Bécasseau et Lartichaud lui emboîtèrent le pas.

— Çà ne vous mettra pas en retard, m'sieu le facteur, de me dire où ce que vous les portez les lettres, parce que voyez-vous, faut que je le sache.

— J'peux pas d'abord, çà m'est défendu...

— Nom de nom de nom de nom... qu'est-ce qui vous le défend ?

— Le Ministre.

— Le Ministre !... Mais qu'est-ce que je lui ai fait au ministre pour qu'il vous défende de me dire où vous avez porté ma lettre, ma propre lettre, que j'ai mise dans la boîte, cette nuit. Même que j'aurais mieux fait d'y rester moi, à la boîte.

Le facteur prit le parti de ne plus répondre. Lorsque les deux troupiers virent qu'ils ne tireraient pas la moindre explication de l'employé des postes, ils traduisirent leur mauvaise humeur en une double bordée d'injures.

— Andouille !

— Pochetée !

— S'pèce de sac

— Crocodile ! proféra enfin Bécasseau.

— Ah mais, dites donc, je vais me plaindre à un gardien de la paix, si ça continue. Je suis-t-un fonctionnaire... Et vous allez voir ça !

— Viens-t-en Bécasseau, viens-t-en ! On va retourner à la boîte aux lettres, il en viendra peut-être un autre de facteur, et qui sera moins rosse que celui-là.

Bécasseau se laissa convaincre et après une nouvelle heure d'attente il vit effectivement arriver un nouveau facteur, bon enfant et moins réservé que son collègue.

— Faut aller au bureau du boulevard Malesherbes, expliqua-t-il à Bécasseau. Mais, grouillez-vous parce que v'là l'heure du déjeuner et si c'est pour une réclamation vous ne trouverez plus le personnel au complet et on ne pourra pas vous renseigner.

— Pour sûr qu'on va se dégrouiller ! fit Lartichaud.

Son camarade avait déjà fait demi-tour par principe, et pris le pas accéléré dans la direction du boulevard Malesherbes.

Au bureau de poste, ils errèrent de guichet en guichet, renvoyés d'un service à l'autre. Enfin un employé condescendit à entendre Bécasseau.

— Qu'est-ce que c'est, militaire ? demanda-t-il ?

— M'sieur c'est une lettre, une lettre que je voudrais ravoir.

— Une lettre ?

— Oui une lettre à moi, pas vrai Lartichaud ?

— Oh c'est vrai, tout c'qui dit ! corrobora Lartichaud.

— Quand a-t-elle été mise à la poste ?

— Cette nuit. M'sieur le receveur, à la boîte de la rue de la Pépinière.

— Cette nuit, alors il y a longtemps qu'elle est partie. Elle a même probablement été déjà remise à son adresse. C'est-y pour Paris ?

— Oui !

— Alors je suis sûr qu'elle a été remise.

— C'est pour Paris, mais faut vous dire qu'elle n'a pas été remise, vu qu'elle n'était pas affranchie...

— Où devait-elle aller votre lettre ?

— A l'Ecole militaire... Mais faut pas qu'elle y aille à l'Ecole militaire ! Non faut pas qu'elle y aille. Pas vrai Lartichaud ?...

— Si elle y est déjà pourtant ?

— Ne me dites pas ça... j'aurais plus qu'à me fiche à l'eau... Faut pas me dire qu'elle est arrivée !

— Non. Faut pas ! approuva Lartichaud.

— Alors faut aller la réclamer au bureau central du quartier de l'Ecole militaire.

— Sacré mille polochons ! Pourvu que nous arrivions à temps. Merci m'sieur le receveur. Dis merci Lartichaud. Faut être poli avec les ceusses qui peuvent nous faire retrouver la lettre.

Lartichaud dit merci.

— On en bouffe des kilomètres, dit-il encore quand il fut lancé dans la direction de l'Ecole militaire à une vitesse de quinze à l'heure. C'est pire qu'aux manœuvres.

Suant, soufflant, ils ne pouvaient plus parler quant ils poussèrent la porte du bureau de poste de l'avenue Bosquet. Heureusement, il y avait foule à tous les guichets. Ils prirent la file devant le premier qui se présenta.

Ils s'épongèrent, puis peu à peu moins oppressés, échangèrent quelques propos dépourvus d'intérêt.

— Ben mon colon, on y est tout de même.

— Oui mais savoir si la sacrée lettre y est aussi.

— Qué satanée administration... Plus d'une heure qu'on poireaute devant ce guichet là.

— Ça fait rien ! Notre tour va arriver.

— Ça y est... pas trop tôt. M'sieur le receveur c'est pour une lettre.

— Une lettre ?

— Oui, une lettre que je voudrais qu'elle n'arrive pas à son adresse parce que...

— Il y avait un moyen bien simple qu'elle n'arrive pas à son adresse, c'était de ne pas la fourrer à la boîte.

— Je n'dis pas, mais c'est trop tard pour me donner ce conseil-là.

— Et puis, vous êtes au guichet télégraphique .Allez au guichet à côté...

— Non d'un polochon ! vocifèra Bécasseau s'adressant à Lartichaud. Tu sais donc pas lire toi. Tu me mènes au guichet télégraphique.

—Tu y es bien allé tout seul, pochetée ! répliqua Lartichaud.

— Où c'est-il qu'il faut que je m'adresse m'sieur l'employé ? demanda Bécasseau.

— Au Pape, répliqua l'employé. A qui le tour ? allez-vous en, les militaires !

Bousculés, rejetés hors de la file, Bécasseau et Lartichaud se retrouvèrent au milieu du bureau, s'invectivant mutuellement avec la dernière violence.

— Lettres, poste restante ! Voilà mon affaire s'écria enfin Bécasseau qui s'était décidé à lire les écritaux appendus aux grillages. Derechef les deux copains reprirent la file. Cette fois ils attendirent moins longtemps.

— C'est pour une lettre, expliqua Bécasseau à l'employé.

— A quel nom ?

— Au nom du maréchal des logis Adhémar.

— C'est vous le maréchal des logis Adhémar, demanda l'employé d'un air marquois.

— Ben sûr non, et que ça se voit même ; Je

suis dans l'infanterie moi et je ne suis pas gradé... Même que sans ça j'y aurais pas écrit au marchi et que j'aurais pas eu des excuses à lui faire...

— Eh bien, je n'peux pas vous la remettre, cette lettre, puisque vous n'êtes pas le destinataire...

Bécasseau eut brusquement un nouvel accès de désespoir.

— Mais, M'sieur l'employé, si vous ne me la rendez pas cette lettre, c'est le conseil, c'est Biribi, c'est tout quoi...

— Voyez le receveur, dit l'employé, expliquez-lui votre cas qui a l'air bougrement compliqué. Il n'y a que lui qui puisse vous tirer d'affaire.

— Viens voir le receveur, viens Bécasseau, dit Lartichaud. Il y a pas de temps à perdre !... Et il est peut-être trop tard.

Bécasseau n'était plus qu'une chiffe mais son air de désolation le servit mieux que n'aurait pu le faire trop d'assurance.

Quand le receveur consentit à recevoir les deux troupiers, il fut d'abord d'une maussaderie exagérée. Puis le récit de l'incident fait par Bécasseau le décida complètement.

Il rigolait même intérieurement.

— Mais alors, dit-il, cette lettre n'est pas poste restante. Votre seule chance est que le sous-officier l'ait refusée parce qu'elle n'était pas affranchie et qu'elle ait été retournée à son expéditeur. Peut-être est-t-elle aux « rebuts » en attendant qu'on l'ouvre pour voir si le nom de son expéditeur n'est pas dedans.

Le receveur fit appeler un employé des « rebuts ».

— Examinez, lui dit-il, si vous n'avez pas dans les « rebuts » une lettre adressée à un maréchal des logis Adhémar.

— Oui ! Supplia l. Bécasseau, examinez bien, on vous payra un verre.

— C'est bien, allez, fit le receveur.

Lartichaud et Bécasseau n'attendirent pas longtemps au guichet des « rebuts ». L'employé les appela.

— Il n'y a pas de lettre au nom du maréchal des logis Adhémar dit-il.

Bécasseau qui se croyait déjà sauvé retomba du haut de son espoir.

— Voyons, voyons examinez bien, mille polochons, je sais bien qu'elle doit y être. Même qu'elle n'est pas affranchie.

— Pas affranchie ? Voyons alors. Si on l'a retirée j'ai dû percevoir les vingt centimes... Non fit-il après avoir compulsé un registre il n'a pas été retiré ici ni hier ni aujourd'hui une lettre non affranchie.

— Zut !...

Tout semblait perdu, quand un collègue de l'employé s'écria soudain.

— Mais si !... Nous avions au bureau, ce matin, une lettre pour laquelle il y avait vingt centimes à percevoir, lettre que le vaguemestre refusa de retirer avant d'avoir pris l'avis du destinataire, le maréchal des logis Adhémar.

— Ah ! fit Bécasseau avec un soupir d'allègement.

— Chouette !. ajouta Lartichaud.

— Mais la lettre n'est plus ici. Elle a été retournée au bureau central, rue du Louvre, dit l'employé.

— Bon sang de bon sang !

— Il n'y a pas plus d'une heure qu'elle est partie. Vous pouvez la rattraper, si vous y tenez. Mais le plus simple est de vous tenir tranquille, le destinataire n'ira sans doute pas la réclamer et elle reviendra aux rebuts.

— Mais si, il la réclamera, s'écria Bécasseau, je l'ai prévenu ! faut-il que je sois andouille tout de même.

— Alors, courez rue du Louvre. Voyez le directeur. S'il le veut, il arrangera ça ; seulement, pressez-vous, mon garçon, pressez-vous !

— Sûr qu'on va se presser. Allons grouille Lartichaud grouille !

— Encore bouffer des kilomètres... Et manger ? Bécasseau ? Moi j'ai une faim, et v'la l'heure du rata.

— Oh le rata, le rata ! Ce qu'il ne faut pas rater c'est la lettre

— Ben oui, mais quand on l'aura la lettre, tu paieras à dîner.

— Mon pauv' colon, si tu comptes sur moi pour te payer à bouffer, tu risques rien de serrer ton ceinturon d'un cran. J'ai pas un sou, mon pauv' vieux et je dois quatre francs vingt centimes à un mufle de patron de café, que si je ne le paye pas je m' demande ce qui va me r'appliquer encore sur la coloquinte !

Le dévouement de Lartichaud vacilla ; il lui sembla que son pays s'était engagé dans toute une série d'aventures dangereuses, où il était peut-être bien imprudent de le suivre ; la perspective d'un bon dîner aurait pu le calmer, mais en l'absence de toute compensation, il se demanda s'il ne ferait pas mieux de laisser Bécasseau jeûner et lutter tout seul contre l'adversité. Le résultat de ses méditations fut qu'il ralentit sensiblement son allure.

— Mais grouille-toi donc, rugit Bécasseau en le voyant rester en arrière.

— J' peux plus ! J'ai des croquenots qui me font mal aux pieds... Je demande à monter dans l'ambulance.

— Malheur ! pour un petit mal aux pieds de rien du tout, abandonner un copain qui risque de passer au conseil, faut n'avoir pas de cœur ! Ecoute, ajouta Bécasseau, quand j'aurai la lettre, on ira voir ma sœur Catherine chez ses bourgeois, et nom d'une bobinette je te promets qu'elle trouvera bien dans le garde-manger de ses patrons de quoi nous faire boustifailler de première...

Cette alléchante promesse ravigota Lartichaud.

— Je te suis, Bécasseau ! J'ai toujours mal aux pieds, mais je suis un dévoué, moi, un vrai ami ! Tu peux marcher ! Comment t'as cru que je te lâcherais ?

Nous ne suivrons pas plus longtemps les deux natifs de Loridon-les-Nouzilles dans leurs nombreuses démarches.

Au bureau central, ils finirent par être introduits dans le cabinet du directeur qui aurait pu rendre la lettre à Bécasseau, si la lettre n'avait été réclamée l'après-midi même (voyez cette guigne !) par un cavalier qui servait de brosseur au maréchal des logis Adhémar.

On n'avait pas remis la lettre au cavalier, vu qu'il avait perdu les quatre sous pour l'affranchissement, que lui avait remis le sous-off. Mais on lui avait promis de la renvoyer au bureau de poste qui dessert l'école militaire. Là, le vaguemestre viendrait la prendre avec le restant de la correspondance du quartier de cavalerie, et paierait les quatre sous.

En tous cas, il n'était plus possible de l'arrêter, puisque le destinataire la réclamait.

Bécasseau était à bout de forces. Et pourtant, ce n'était plus de l'effarement qu'il avait en lui, mais de la colère, de la furibondie sauvage....

— Eh bien ! non ! hurla-t-il. Je ne veux pas me laisser abattre pour si peu !... J'ai une idée, ajouta-t-il d'un ton décidé, en quittant la rue du Louvre.

— Zut ! dit Lartichaud. T'as encore trouvé une nouvelle idée... Y va nous arriver malheur. .

— Faut barrer la route à la lettre, il y a plus que ça !

— Mais comment, bougre d'âne ?

— C'est facile comme tout. Faut venir à l'école militaire.

— Pour arriver juste au moment où ton sous-off lira la lettre dans quoi que tu l'injuries ! Oh ! t'en as de bonnes !...

— Suis-moi toujours. Je vais t'expliquer.

Et il se mit au pas de gymnastique.

— Ah ! grogna Lartichaud en le suivant, si que ce n'était pas l'espérance d'une aile de poulet dans le garde-manger des patrons de ta sœur, ce que je te planterai là, mon colon !

— Viens toujours !... Tu causeras demain.

Bécasseau sautait comme un cabri, bousculant tout le monde, et tout en courant il expliquait à Lartichaud qui soufflait comme une locomotive :

— Voici : la lettre va arriver au bureau qui dessert l'école militaire...

— Avenue Bosquet, que je crois ? On y retourne encore ?

— Mais non espèce de tourte, c'est pas la peine ; t'as bien entendu ce qu'il a dit, le directeur, on ne peut plus l'arrêter, la lettre...

— Alors ?.....

— Ecoute ! Qui qui l'amène au bureau ? Une petite voiture à un cheval avec un cocher qui a un grand tuyau de poêle sur la tête, avec un galon d'or.

— Bon !

— Une fois les lettres versées au bureau, c'est les adjudants vaguemestres qui viennent les chercher pour les militaires... Subséquemment, je suis frit si nous laissons la lettre entrer au bureau, car une fois là, il ne nous reste plus qu'une chose à faire, attaquer l'adjudant vaguemestre au coin d'une rue déserte pour lui chiper la lettre.

— Ah ! zut ! ça c'est le conseil !...

— Justement ! Faut éviter ça ! Faut pas que la lettre arrive au bureau ; tout est là !... Faut attaquer la petite voiture dans une rue détournée.

— Hein ?

— Je vas t'expliquer. Nous la guettons au coin d'une rue, la petite voiture, toi tu te jettes à la tête du cheval...

— Ah ! Mais non !

— Mais si ! Moi je grimpe sur le marchepied, j'enfonce d'un grand coup de poing le chapeau galonné sur les yeux du cocher, j'ouvre le coffre, je chipe le sac de lettres, je l'emmène et nous allons tous les deux sous un pont, trier les lettres et prendre celle, dans quoi que je donne au brigadier des noms d'oiseau, qu'était pour toi...

— Ah ! Mais on joue gros, à ça, dis donc !

— Et c'est pas dangereux, peut-être, qu'un sous-off de cavalerie trouve une lettre dans laquelle je le traite de vielle bourrique ? Ah !... Si !...

— Moi, mon vieux, je marche pas !... je marche pas !... Je veux bien faire le guet, moi, mais c'est tout. Toi attaques si tu veux ?

— Bien, dit Bécasseau... J'attaquerai tout seul... Mon avenir en dépend... S'agit d'éviter le conseil.... Je suis prêt à tout !...

Ils étaient arrivés au coin de l'avenue Bosquet, ruisselants de sueur.

Tout à coup, ils entendirent les grelots du courrier, qui arrivait au grand trot d'un vigoureux cheval... Dans les postes ils ont de très bons chevaux.

Il faisait nuit. Bécasseau laissa approcher la voiture, sauta sur le marchepied et asséna sur le chapeau du cocher un coup de poing à assommer un bœuf.

Le chapeau s'enfonça jusqu'au menton de l'infortuné cocher. Et déjà Bécasseau tournait la clef du coffre pour l'ouvrir, quand la voiture s'arrêta brusquement.

Un sergent de ville, témoin de cette agression stupéfiante et qui constituait certainement un des plus audacieux guet-apens dont l'humanité ait été témoin, depuis l'attaque du courrier de Lyon, s'était jeté à la tête du cheval.

— Bécasseau, fais attention, cria Lartichaud qui était resté médusé sur le bord du trottoir.

Bécasseau sauta sur la chaussée.

— Bon sang de bon sang ! hurla-t-il encore et il s'en fut si vite que le sergent de ville qui n'avait pas encore lâché les rênes du cheval eût tout juste le temps de l'apercevoir disparaissant au tournant le plus proche.

— En voilà des façons pour des militaires, proféra l'agent... C'est un apache ! Mais voici son complice probable... Et il sautait à la gorge de Lartichaud qui était sur le trottoir muet de surprise.

— Allons au poste, ouste !

— Au poste, bégaya Lartichaud. Mais je n'ai rien fait, moi !

— Vous allez peut-être me dire que vous n'étiez pas de mèche avec le voyou qui vient de se tirer des pieds.... Vous ne le connaissez peut-être pas, le lascar qui voulait chiper les lettres.

Si je le connais, c'est un copain, un pays à moi.

— Et vous faisiez le guet pendant qu'il détroussait le cocher ! c'est bien, ça ?

— Moi le guet ? Jamais de la vie !... J'attendais l'omnibus.

— Vous vous expliquerez devant le commissaire !... En avant marche !...

Malgré ses supplications, Lartichaud fut traîné au poste suivi par un peuple immense. Par bonheur pour Lartichaud, le commissaire de police, retenu par une affaire intéressante — une affaire où quelques vieux sénateurs se trouvaient compromis — était encore à son bureau. De plus, le commissaire étant en belle humeur, le service qu'il allait rendre aux sénateurs en étouffant le scandale lui vaudrait quelques avantages dont la perspective le réjouissait par avance.

— Voyons, mon garçon, vous n'avez pas l'air d'un mauvais bougre. Que me raconte l'agent Bardelac ? Vous auriez tenté de voler la correspondance contenue dans une voiture des postes?

— J'vas vous dire la vérité. Vous me croirez si vous voulez, mon commissaire, mais je vas vous dire la vérité, et vous verrez que je ne suis pas coupable, ni Bécasseau non plus.

— Bécasseau ? qui ça, Bécasseau ?

— Bécasseau, fit Bardelac, c'est notoirement l'individu en vêtements militaires qui a assailli le cocher de l'Administration... J'avais bien entendu le nom, mais subséquemment je ne me le rappelais plus... C'est bien ce nom là qu'a crié l'inculpé ici présent qui faisait le guet.

— Bien, Bardelac, bien... Laissez ce garçon s'expliquer. Contez-moi ce qui s'est pasé et faites vite. Pas de blagues, surtout. Si je m'aperçois que vous essayez de me mettre dedans, c'est moi qui vous y ferai mettre, dedans... et *illico* encore. Donc, soyez bref et véridique.

— Tout ce que je vas vous dire c'est la pure vérité, monsieur le commissaire. Donc, Bécasseau m'avait écrit des tas d'injures, rapport à ce que je m'étais trompé de baïonnette l'autre jour et que j'avais la sienne. Et puis il avait écrit à un sous-off de cavalerie pour lui faire des excuses et lui demander pardon. Mais Bécasseau, qui n'est qu'un sac, m'a envoyé la lettre d'excuses et au sous-off de cavalerie, il a envoyé la lettre où il l'appelle bourrique et menace de lui casser les dents à coups de godillot. Alors, vous comprenez, mon commissaire, quand il s'est aperçu de ça, il n'a pas été fier, Bécasseau. Comme il m'a dit, c'est Biribi, c'est le conseil, c'est tout.

— Outrages et menaces à un supérieur, oui, son cas était fâcheux !

— Alors il m'a dit comme ça, faut pas que le marchi reçoive la lettre !

Le commisaire se tordait comme une petite baleine :

— Et c'est pour ça qu'il a attaqué le courrier de la poste, ah ! ah ! ah ! hi ! hi hi ! hou !... Il y en a des combinaisons ! ah ! ah ! ah ! Dites donc, j'ai entendu parler, dans ma prime jeunesse, d'un garçon qui se jetait dans l'eau pour ne pas être mouillé quand il pleuvait... Ça doit être lui, ce garçon là !... Pourquoi s'est-il sauvé ? Je voudrais bien lui parler à votre copain Labécasse !

— Bécasseau, mon commissaire !... Bécasseau... Pas Labécasse...

— Bécasseau, oui c'est bien ce que je disais. Et c'est dans son intérêt que je voudrais lui parler... Je voudrais le déconseiller de faire de nouvelles tentatives pour se tirer d'affaire. Il finira par se faire fusiller, ce garçon-là.

— Vous ne le mettrez pas en prison Bécasseau ? larmoya Lartichaud attendri.

— Non, on tâchera d'arranger son affaire, c'est le jour ! On arrange toutes les affaires aujourd'hui... Bardelac, allez me chercher l'inspecteur Flairdecoin, qui doit être à côté.

L'inspecteur qui répondait à ce nom plein de promesses se présenta sans se faire attendre devant le commissaire.

— Voici, Flairdecoin, lui dit le commissaire, il s'agit de retrouver au plus tôt, un soldat, le nommé Lagrive.

— Bécasseau, souffla doucement Lartichaud, Bécasseau ! Pas Lagrive.

— Bécasseau, c'est bien ce que je disais. Il faut l'empêcher de faire des bêtises, car il file un mauvais coton, et avec les meilleures intentions du monde il finirait par se faire fusiller. Je m'en remets à votre tact et à votre habileté n'est-ce pas, Flairdecoin ?

Le commissaire sortit aussitôt accompagné des bénédictions de Lartichaud qui redisait :

— Enfin je crois que cette satanée affaire va s'arranger. Du moment que la police s'intéresse à sa fichue histoire de lettre, à Bécasseau !...

V

BÉCASSEAU DEVIENT CAMBRIOLEUR !

Dans sa course éperdue pour fuir le sergent de ville, Bécasseau heurta rudement, sans l'avoir vu dans la première rue qu'il enfila, un particulier qui lui posa une main sur l'épaule et l'apostropha d'une voix rude.

— Dites donc le tourlourou, vous ne pourriez pas faire attention ?

— Aïe, je suis pincé ! s'exclama Bécasseau. Mais en regardant l'homme qu'il avait devant lui il respira.

— Ah ! C'est pas un sergot !... Chouette !

— De quoi, de quoi, reprit son interlocuteur. On a peur des sergots, on a-z-évu des histoires avec des civils peut-être ?

— Oh rien. C'en est un de sergot à qui que j'ai un peu brûlé la politesse... rapport à un conducteur de voitures des postes... Mais ca serait trop long de vous raconter ça...

— Ca va bien ! Ca va bien ! T'es un frère, quoi ?

— Un frère ?

— Oui un bon zigue, quoi ? Eh bien, t'es rassuré maintenant. T'as pas besoin de garder une figure à l'envers.

— J'ai la figure à l'envers, moi ? C'est bien possible, mais tant que je ne l'aurai qu'à l'envers, ma figure, y aura pas de mal. Le tout, c'est de ne pas la voir bientôt à Biribi, ma figure... m'semble que je suis sur la route de Biribi.

— Viens toujours prendre un demi setier, ça te remontera le moral, et tout en lichant le petit bleu, on causera.

Bécasseau ne se fit pas prier ; il eut été désolé de se trouver seul, il ne voulait plus penser aux calamités suspendues au-dessus de sa tête. Par surcroit, il était harrassé, il avait soif et rien ne pouvait lui-être plus agréable que la perspective de s'asseoir quelques instants et de vider un verre de vin... Et puis, s'il devait aller aux compagnies de discipline, à Biribi à la suite de tous ces événements, autant se coller un peu de bon temps auparavant.

Tout en marchant, comme il reprenait un peu ses esprits, il s'aperçut qu'il était dans un état de malpropreté révolant. Il s'était éclaboussé jusqu'au képi en sautant dans les flaques d'eau et de boue, sa cravate était remontée, dénouée, et il avait déchiré le bas de son pantalon en l'accrochant au marchepied de la malle-poste.

— Pourvu que Ridubois ne me rencontre pas ainsi, songeait-il.

Celui que Bécasseau appelait impertinemment Ridubois, c'était le capitaine de sa compagnie, un capitaine très sévère et particulièrement exigeant pour la bonne tenue de ses hommes, à la caserne et à la ville.

— Bah ! que je suis bête, songea encore Bécasseau. Pas de danger que je le rencontre aujourd'hui ; il n'a pas paru à la caserne à cause du baptême de son gosse, à ce qu'on disait. S'il a un baptême chez lui ; il ne s'amusera pas à se promener en ville.

Bécasseau fut interrompu dans ses réflexions par son compagnon qui le poussa dans la boutique d'un marchand de vins.

Quand ils furent attablés, Bécasseau regarda plus attentivement qu'il ne l'avait encore fait, le jeune homme généreux qui allait le désaltérer.

Bécasseau le trouva fort bien, ce jeune homme.

Il était coiffé d'un chapeau melon et revêtu d'un complet à carreaux. Son col et ses manchettes étaient sales, mais ça ne fait rien, Bécasseau le trouvait d'une distinction suprême. Il fumait un cigare de deux sous ; c'est peut-être à ce détail que le troubade reconnaissait le vrai aristocrate.

Cet individu paraissait tout jeune, un soupçon de moustaches ornait sa lèvre supérieure et il avait l'œil fureteur, comme perpétuellement aux aguets.

Il conquit complétement Bécasseau, en lui offrant un cigare de deux sous.

— Vous êtes bien aimable ! dit le troupier.

— C'est de naissance ! affirma l'autre.

— Eh bien ! C'est une heureuse infirmité.

— D'accord ! Pourtant mon vieux troubade

regarde ce que c'est : je suis un homme aimable et pourtant on ne me le rend pas. Mais parlons de toi !

L'entretien était devenu presque familier depuis que le nouvel ami de Bécasseau s'était décidément révélé à lui sous l'aspect séduisant et magnifique du monsieur qui distribue des cigares de deux sous.

L'individu, de son côté, était devenu circonspect, sans doute avec une arrière-pensée, qui eut inquiété Bécasseau s'il l'avait connue.

— Alors vous êtes embêté, militaire... Qu'est-ce que vous avez fait ?

Bécasseau ne se distinguait jamais par une réserve excessive, il racontait volontiers ses petites aventures personnelles à quiconque se montrait disposé à en écouter le récit. Mais dans les circonstances où il se trouvait, c'était pour lui, une impérieuse nécessité de s'épancher. Cela le soulageait et lui semblait-il vaguement, lui permettait de mettre un peu d'ordre dans ses idées.

Il raconte tout, l'espoir fallacieux que lui avait donné son journal favori, la fâcheuse surprise, l'évasion de la salle de police, les incidents du café, sa dette de quatre francs vingt, l'attaque de la malle-poste et la funeste issue de cet audacieux exploit.

— Bien militaire, il ne vous reste plus qu'un parti à prendre, il faut déserter, passer à l'étranger !

— Déserteur ! sursauta Bécasseau.

— Dame ! Choisisez, dix ans à Biribi ou dix ans en Belgique, c'est l'un ou l'autre. Et encore en désertant vous pouvez bénéficier d'une amnistie.

Mon député en propose une tous les ans, c'est un bon, un pur, qui aime le peuple...

— C'est vrai que me voilà dans de fichus draps ! pensa Bécasseau. M'en aller à l'étranger, dame, c'est à voir. Mais, qu'est-ce que je ferai en Belgique ?...

— Rien de plus simple : j'ai beaucoup voyagé et souvent j'ai dû passer la frontière, parce que la France a une organisation judiciaire qui me dégoûte... La magistrature est pourrie, la magistrature élue par le peuple, voilà le remède. Mais les bourgeois n'en veulent pas. Pour en revenir à vous, je sais le métier que vous pourrez exercer en Belgique : vous n'avez peut-être jamais servi un bock, mais ce n'est pas difficile.

— Des bocks, non, je n'en ai jamais servi, mais des champoreaux, des mêlés-cas, des chopines, j'en ai versé des tas, à la cantine parce que faut vous dire que je suis garçon de cantine...

— Vous êtes sauvé ! Vous trouverez toujours à vous faire embaucher comme garçon de café. Ça rapporte et l'on est bien nourri.

Bécasseau commençait à être ébranlé : la perspective d'être bien nourri et de gagner beaucoup d'argent ne lui déplaisait pas, et, d'autre part, que faire pour couper aux suites de ses gaffes ?

— Il faut de l'argent pour passer en Belgique.

— Et vous n'avez pas d'argent ?

— Pas un sou

— Vous ne connaissez personne qui pourrait vous en prêter ?

— Non. Y a bien ma sœur, mais si je lui demande plus de dix sous, elle me refusera.

— Ecoutez, je m'intéresse à vous, je voudrais vous sortir d'embarras ; il y a peut-être moyen. Il ne vous faut pas plus d'une quinzaine de francs pour passer en Belgique. Il vous faut aussi des autres frusques que celles que vous avez sur le dos. J'ai un vieux complet qui fera l'affaire. Pour l'argent, y a aussi moyen... Seulement, je ne sais pas si vous voudrez.

— Si je voudrais ! Ah bien pour sûr que je veux. J'sais pas ce que vous avez à me proposer, mais ça m'étonnerait rudement que je ne veuille pas.

— Alors, voilà l'affaire. Je vous disais que moi aussi, j'étais ennuyé et que je n'avais jamais récolté que l'ingratitude dans ma vie, malgré que je soye aimable comme vous avez pu le voir. J'ai pas un ami...

— Pas un ami... Pauv' garçon !

— Tout comme je vous le dis !... Tenez !... j'ai rendu service à tous les gens que je connais, eh bien, je suis allé, aujourd'hui même, en demander un de service à tous ces faux-frères que j'ai obligés... Vous me croirez si vous voulez, mais aucun d'eux n'a voulu se déranger.

— C'est dégoûtant !

— Et pourtant, il s'agissait d'une chose bien simple.

— Laquelle donc ?

— Je ne sais pas si ça vous intéressera !

— Dites toujours... J' vous assure que si je le peux, ça sera un véritable plaisir pour moi de vous rendre ce service.

— Vrai ? Tant mieux, alors, car vous y trouverez votre compte.

— J' vais plus loin ! ajouta Bécasseau, si je dois y trouver mon compte, ça sera plus qu'un plaisir, ça sera deux plaisirs !

— Dans ce cas, j' vais vous expliquer de quoi qu'il s'agit. J'ai une sœur, une bonne, digne et sainte sœur qui m'a servi de mère et qui m'a z'élevé et qui habite au cintième du numéro 31 de la rue de Bèze... C'te pauvre fille est employée comme cuisinière chez des bourgeois qui sont serrés comme vous ne l'imaginez pas. Elle voudrait s'en aller, mais les bourgeois sont capables de lui garder ses malles.

— Mais ils ne peuvent pas...

— Sûr, mais ils les garderaient tout de même. Il faudra un procès, l'intervention du commissaire de police, des tas d'arias, quoi ! Alors, turellement, je me suis offert pour lui enlever ses frusques malgré les bourgeois.

— J'en aurais fait tout autant !

— Parce que vous êtes tout comme moi, un noble cœur ! Mais comme je me rendais bien compte qu'à moi tout seul je ne pourrais pas faire le déménagement, je suis allé trouver ces bons amis auxquels j'avais si souvent rendu service et je leur ai dit de venir m'aider... Ils ont refusé !

— Les bandits !

— Oui, ils trouvent que c'est de l'ouvrage qui les déshonorerait, qu'ils ne peuvent pas se montrer dans la rue, portant une malle ou une valise sur leur épaule. Et me v'là, militaire, me v'là immobilisé à cette table de mastroquet, sans pouvoir rendre à celle qui m'a élevé, qui m'a servi de mère, le service de l'aider à enlever son saint-frusquin. Alors, va donc, falloir que ma pauv' sœur, all' s'en aille sans ses nippes... la v'là ruinée, ma pauv' sœur !

— Mais je suis-là ! clama Bécasseau, du ton d'un homme que la soif du service à rendre n'abandonne jamais, même aux heures les plus sombres de sa vie. Je vous déménagerai quand vous voudrez, tout le saint-frusquin de mademoiselle votre sœur. Non d'un nom, vous pouvez compter sur moi.

— Et comme ma sœur n'est pas regardante, j'irai la retrouver, quand ça sera fait et elle ne me refusera pas une pauvre pièce de quinze francs pour un ami comme vous.

— Eh bien ! Partons !

— Partons !...

Le jeune homme au complet régla les consommations et conduisit Bécasseau au numéro 31 de la rue de Sèze.

— Entrez le premier, dit-il.

— Mais je ne sais pas où c'est.

— Et sans que la concierge vous voie...

— Tiens, pourquoi ça ?

— Parce que cette vieille guenon est dans les intérêts des patrons... si elle savait ce que nous venons faire, elle nous empêcherait.

— Mais si elle me voit ?...

— Vous avez une bonne figure ronde et innocente, vous n'inspirez aucun soupçon... Mais il vaut mieux qu'elle ne vous voie pas. Vous monterez au cintième et vous m'attendrez. Moi, à mon tour, j'entrerai. Je sais comment faire. Et si la pipelette veut nous arrêter quand nous redescendrons, je lui dirai : c'est à ma sœur, pas vrai tout ça, alors, laissez-nous passer. »

— Bonne idée que vous avez-là !

Bécasseau monta ; il attendit dix bonnes minutes en haut de l'escalier. Enfin ! l'inconnu arriva, observant à droite et à gauche.

— Tu n'as rien vu de suspect, demanda-t-il à Bécasseau qu'il se remit à tutoyer comme au premier moment de sa rencontre.

— Non !... rien !... mais pourquoi que j'aurais vu quelque chose de suspect ? C'est une maison tranquille !... Ah ! malheur... Si la caserne elle serait aussi tranquille que ça !...

L'homme au complet quadrillé ne répondit rien. Il tira de sa poche un trousseau de clefs formidables et qui eut fait envie à bien des serruriers.

— Mâtin ! fit Bécasseau, pourquoi faire tout ça ?

Le jeune homme lui fit cette réponse distinguée, mais insuffisante :

— Si on te le demande, tu diras que tu n'en sais rien...

Puis, il inspecta le palier sur lequel donnaient les portes des mansardes et des chambres de bonnes de la maison, et murmura :

— Par laquelle qu'on commencerait bien ?

— Comment ! s'écria Bécasseau, qui se crut naturellement en droit de tutoyer son nouvel ami, tu ne reconnais pas la porte de ta sœur ?

— C'est pas ça, mais elle a plusieurs chambres, tu comprends ?

Et il se mit à essayer tour à tour, plusieurs clefs dans une serrure. A la huitième, un fracas terrible retentit dans l'escalier. Une porte au second étage s'était ouverte, et une voix de femme furibonde, criait :

— Non, Madame !... Je m'en vais !... Et tout de suite !...

— Partez donc, abominable fille ! répondait une autre voix de femme. Les bonnes ne manquent pas, sur le pavé de Paris.

— Tant mieux pour vous, Madame. Mais j'en ai assez de votre boite.

— Taisez-vous, insolente, dit une voix d'homme, ou je vais chercher les agents !

Et Bécasseau frémit ; il venait de reconnaître l'organe du capitaine Ridubois, du terrible capitaine Ridubois, le commandant de sa compagnie !

— Nom d'une pipette, s'écria-t-il, c'est pas possible ?... J'ai la berlue ? Comment ! c'est dans cette maison qu'habite mon capiston ?... N'en voilà une guigne !

En bas, la bonne qui venait indubitablement de quitter ses maîtres, dégringolait l'escalier avec fracas et rapidité en marmottant des paroles furieuses. Puis, la voix d'homme reprit d'un ton plus calme :

— Eh bien, ma chère femme, ne te mets pas martel en tête : je cours jusqu'au bureau de placement, et je t'en ramène une tout de suite, une bonne ; ce n'est pas bien malin.

Et à son tour, il descendit l'escalier.

— C'est épatant, tout de même, murmure Bécasseau, comme ce locataire-là a la voix de mon officier !

— Tu bafouilles !... Tu bafouilles !... riposta l'autre, en essayant sa douzième clef dans la même serrure.

Enfin, la porte s'ouvrit : c'était une mansarde vide.

— Nom de nom de nom de nom !... rugit sourdement le cambrioleur, — car vous avez deviné, n'est-ce pas ? que c'en était un.

— Ah ! ça ! nom d'une pipe ! déclara Bécasseau énervé et inquiet, depuis qu'il avait reconnu qu'un locataire, dans cette maison, possédait la voix de son supérieur. Tu t'es trompé !... C'est pas la chambre de ta sœur ; c'est peut-être pas même la maison ousqu'elle habite ! Tu t'es trompé de numéro !... Descendons !...

— Jamais de la vie !... C'est la porte à côté, maintenant je le vois bien !

Et il essaya d'ouvrir une seconde porte. Mais celle-ci était encore plus longue à ouvrir que la première. Bécasseau, accoudé à une fenêtre ouverte qui donnait sur la cour intérieure de la maison, rêvassait et commençait à se dire qu'il aurait mieux fait de ne pas se lancer dans cette nouvelle aventure. Il s'amusait bêtement à balancer une corde à nœuds qui avait servi, la veille à des badigeonneurs, et qui, attachée aux toits, passait devant les fenêtres et paraissait aboutir jusqu'au sol.

— Ça y est, cria tout à coup le cambrioleur.

— Qu'est-ce qui y est ?

— La porte est ouverte !

— Celle à ta sœur ?

— Oui !

— Ah ! Tant mieux !

— Commençons par les petits objets.

Tous deux étaient entrés dans une mansarde qui semblait à la fois être une chambre de bonne et de débarras. Déjà, le nouvel ami de Bécasseau fouillait les tiroirs, empochant de ci, de là, quelques boîtes, quelques objets.

— Fais donc le guet, au lieu de me regarder, disait-il.

— Le guet ? Oh ! J'ai un copain qui sait bien faire le guet : c'est Lartichaud... C'est malheureux qu'il ne soit pas ici... mais, pourquoi, faire le guet ?...

— Si on te le demande, tu répondras la même chose que ce que je t'ai dit de répondre tout à l'heure... Mais je ne t'ai amené que pour faire le guet ?

— Ça devient louche ! pensa Bécasseau.

Car le troupier finissait toujours par comprendre les choses, mais généralement trop tard.

Oh ! Oui !... que c'était louche... Peut-être on les avait vus, car deux pas pesants gravissaient l'escalier. Bécasseau, en se penchant aperçut un sergent de ville et un pékin bizarre qui montaient.

— Ohé, le militaire ! dit le pékin qui l'aperçut, attendez-nous donc voir un peu.

— Dis donc, fit Bécasseau à l'homme au complet quadrillé, c'est un agent qui monte !

— Un agent ! fit le nouvel ami de Bécasseau en se penchant à son tour sur la rampe, et un cogne en bourgeois... Ben, nous sommes frais ! Où ficher le camp, bon Dieu ! Où ficher le camp ?

Ficher le camp ! Ces trois mots dessillèrent enfin tardivement, mais complètement les yeux du naïf Bécasseau. Par ailleurs, il n'avait pas la conscience tranquille, on le sait. Affolé par l'effarement qui s'emparait de son compagnon de rencontre, lequel, cherchait déjà une issue pour échapper aux agents de l'autorité, Bécasseau aperçut soudain la corde à nœuds qui pendait toujours du toit jusqu'à terre, lui parut-il. Il monta sur le rebord de la fenêtre, prit la corde entre ses mains et ses jambes et se laissa glisser assez rapidement.

Hélas ! La corde n'arrivait pas jusqu'au sol. Elle s'arrêtait au second étage, à la hauteur d'une fenêtre sur le rebord de laquelle, Bécasseau s'assit tout d'abord en se maintenant à la corde.

Puis il réfléchit :

— Nom d'une pipe !... si que les sergots se penchent par la fenêtre, ils m'apercevront !

La fenêtre était, par bonheur, légèrement entr'ouverte, Thomas la poussa, elle s'ouvrit tout à fait. Sans hésiter, il pénétra dans une pièce qui paraissait être une chambre. Dans un

ait, il y avait un bébé. Bécasseau prêta l'oreille; il ne perçut aucun son ; l'appartement semblait inhabité. Un peu rassuré, il songea à la position peu ordinaire dans laquelle il se trouvait.

— Voyons, se dit-il, me voilà dans un logement ousque je n'ai pas le droit de me trouver. Faut que je fiche le camp le plus vite possible.

Il ouvrit une porte donnant sur une salle à manger et vit qu'il n'y avait personne. Une autre porte de la salle à manger ouvrait sur l'anti-chambre de l'appartement. Au portemanteau était suspendu un képi de capitaine, ce qui lui fit courir un frisson glacé de la tête aux talons.

— Mille polochons ! murmura-t-il, il est temps que je file ! Ah oui ! Grand temps.

Et il ouvrait la porte donnant sur l'escalier. Malédiction !... de l'étage au-dessus descendait le malfaiteur, son ami de rencontre entraîné par le sergent de ville et un inspecteur de la sûreté.

— Ousqu'est votre compagnon ! misérable ! s'écriait ce dernier.

— Est-ce que je sais ! il a sauté par la fenêtre.

— Dites pas de bêtises !

— Je dis que je suis t'innocent ! riposta l'homme au complet quadrillé.

— Vous le direz au juge.

— Malheur !

— Parlez-nous de votre complice !

— Je vous dis qu'il s'est jeté par la fenêtre !

— Ah ! ça va recommencer.

— Laisse, laisse, Bardelac ! On le retrouvera bien le militaire.

Bécasseau ne voulut pas en entendre davantage. Il rentra prestement dans l'appartement dont il ferma la porte d'entrée, et regagna la première chambre dans laquelle il avait pénétré tout d'abord.

Là, il fut agité par des idées contraires, il songea, à présent que les agents s'étaient éloignés, à soumettre ses biceps à une rude épreuve et à regagner le cinquième étage en grimpant par la corde à nœuds. Puis il se dit :

— Nom d'une pipe ! C'est que si je lâchais en route, ça me mettrait dans une belle bouillie.

Et puis une autre question l'inquiétait.

— Saperlipopette! c'est que s'ils remontent!... s'ils m'attendent à la porte !... Ils m'ont vu en militaire... et ils ont dû prévenir la concierge ! Le truc, ça serait d'avoir un déguisement ! Oui! Mais où en trouver un ?...

Tout à coup, il fut comme fasciné à la vue d'un bonnet de nourrice à rubans, d'une grande houppelande et d'un tablier blanc posés sur le lit, tout neufs, tout frais, comme s'ils eussent attendu quelqu'un.

— Nom d'un petit bonhomme, pensa-t-il, c'est le saint-frusquin de la bonne qu'a fichu le camp de chez ses maîtres, tout à l'heure.

Il n'y a rien de tel que d'être placé dans une situation désespérée pour prendre une décision brusque. Et si vous pouvez me citer un homme qui ait jamais été dans une situation plus désespérée que ne l'était Bécasseau, je vous paye une maison de campagne.

Avec une célérité étonnante et une adresse extraordinaire, il avait attaché devant lui le tablier blanc, s'était coiffé du bonnet en gardant son képi qui, dans son idée, était utile pour former quelque chose de gros sous le bonnet à la place des cheveux. Il avait complètement retourné la visière.

Puis, il s'était emmitouflé dans la grande houppelande et ceci fait, il se regarda dans une glace, après avoir fait flamber une allumette, car la nuit était tout à fait venue et depuis longtemps.

— Mille polochons ! Si que le cantinier Chapuzot, il me verrait, s'écria-t-il, il ne me reconnaîtrait pas.

Puis il songea :

— Oui, mais les deux agents me reconnaîtraient peut-être ousses ? C'est si malicieux ces policiers.

Alors, prenant un mouchoir, il le plia, en fit un bandeau qu'il se noua autour de la figure, comme s'il avait eu une fluxion.

— A c'te heure ! s'écria-t-il, je peux me ballader sous leur nez, dans la rue, sans qu'ils y voient rien.

Il allait sortir, quand un bruit de voix se fit entendre dans la pièce à côté. Et Bécasseau frémit. Il y avait de quoi !

C'était une voix de femme et une voix d'homme qui échangeaient des phrases :

— Eh bien ! Tu as été au bureau de placement ! demandait la voix de femme.

— Il y a longtemps que j'en suis revenu !

— Et la bonne ?

— La bonne ! Je suis étonné qu'elle ne soit pas arrivée !

— Eh mais ! la voici !

Une dame, jeune encore, fort élégante, venait d'entrer dans la chambre et d'apercevoir Bécasseau sous son accoutrement.

Le pauvre garçon en tremblait sur sa base !

Hélas ! Il n'avait encore rien vu et jugez de la commotion qui s'empara de tout son être, lorsqu'il aperçut, entrant à son tour dans la chambre et demandant à voir la nouvelle bonne, qui ?

Oui, qui ?

Le capitaine Ridubois !... Tout simplement...

Il faillit joindre les talons et faire le salut militaire, mais se retint à temps...

VI

LES AFFAIRES DE BÉCASSEAU SE GATENT DE PLUS EN PLUS

Il ne s'était pas trompé, Bécasseau, pendant que le cambrioleur dont il avait fait son ami, cherchait à forcer les serrures des chambres de bonnes : c'était la voix de son supérieur qu'il avait entendue !

— Vous venez du bureau de placement ? demanda l'officier à l'infortuné troubade.

Et Bécasseau esquissa un signe de tête affirmatif.

— Le grand air ne vous fera pas de mal ? demanda la femme du capitaine.

Le grand air ? Ah ! C'est Bécasseau qui le souhaitait le grand air, je vous en fiche mon billet.

Aussi esquissa-t-il un signe négatif des plus énergiques.

— Elle a l'air d'être courageuse, dit le capitaine, mais, nom d'une bobinette, elle n'est pas bavarde !...

— Mais par où est elle entrée ? demanda sa femme.

Bécasseau s'oubliant, allait montrer la fenêtre, mais il se contenta d'éluder la question en se prenant la mâchoire à deux mains et en feignant de souffrir le martyre.

— Ce n'est pas tout, reprit le capitaine assez rudement, prenez bébé et suivez-nous...

La mère de Mme Ridubois était clouée dans un fauteuil par un rhumatisme du genou qui l'avait empêchée de se déplacer et elle avait exigé que le dîner de baptême se fit chez elle. Ce n'est pas sans appréhension que Bécasseau entendit l'ordre qui allait le river jusqu'à une heure avancée ; chez les beaux parents de son capitaine.

— Eh ben ! mon colon ! pensa-t-il, me v'là frais ! Comment que je m'en vas pouvoir rentrer à la caserne ?

— Ah, mon Dieu ! fit soudain la femme du capitaine, j'y songe... Cette fille que nous avons dû renvoyer a laissé brûler du lait dans la casserole de bébé ; il n'y a plus moyen de s'en servir de cette casserole !... Il faut qu'on en achète une autre avant de partir. Ce soir, toutes les quincailleries seraient fermées...

— Nom d'un pétard !... ça ne va pas nous mettre en avance, cria l'officier, d'autant plus que nous sommes déjà en retard.

— Nourrice, voici trois francs, allez vite chercher une petite casserole pour le lait de bébé. Voici trois francs...

Bécasseau revint sur ses pas avec empressement, il tremblait à l'idée de commettre une maladresse en portant le bébé de son capitaine.

— Oui, que je l'achèterai, la castrole, pensa-t-il. Oui, que je l'achèterai ! Mais pour la rapporter, ah ! ça ! non ?

Et il dégringole les escaliers avec une joie exubérante. Il alla acheter la casserole, puis s'achemina vers la caserne.

O joie ! En route, il recontra Piédoux, l'ordonnance du capitaine, qui reintégrait le domicile de ce dernier afin de se mettre à son service pour le dîner. Il l'aborda sans ambages, prit une petite voix de femme et lui dit :

— Monsieur Piédoux.

— Tiens, vous connaissez mon nom, la nourrice ?

— Pardi !

— Mais comment le connaissez-vous ?

Alors Bécasseau, radieux au fond de lui-même, lui resservit la petite plaisanterie chère au monsieur à qui il devait sa tranformation en nourrice et ses dernières transes de la soirée :

— Savez-vous ce que vous répondrez, Monsieur Piédoux, si on vous le demande ?

— Ma foi non !

— Vous répondrez que vous n'en savez rien !. Maintenant vous voyez bien c'te castrole ?

— Oui !

— Eh bien ! prenez-la !.. La dame du capitaine l'attend... Et je vous conseille d'aller la lui porter au trot si vous ne voulez pas écoper !

— Qu'est-ce qui vous a dit ça ? Enfin, qui êtes-vous ?

— Prenez toujours la castrole, si on vous demande qui vous a dit ça...

— Je répondrai que je n'en sais rien ?

— Voilà !

Et Bécasseau fila, toujours costumé en nourrice...

Et Piédoux prit la casserole et s'éloigna assez intrigué. Il arriva chez son capitaine, monta l'escalier et recontra au premier étage un sergent de ville flanqué d'un drôle de bourgeois qui s'écrièrent en l'apercevant :

— Ah ! Ah ! Nous savions bien qu'on finirait par vous rattraper.

— Ah ! Ah ! Mon gaillard, ajouta le civil, paraît qu'c'est plus commode que les escaliers, les cordes à nœuds pour descendre du cintième.

— Hein ? fit Piédoux, totalement ahuri.

— C'est ça, fait bien l'idiot ! Tu vois Bardelac, il fait l'idiot !

— Oui, mais ça ne prend pas avec nous, hein Flairdecoin ?

— Tu vas venir avec nous, militaire !

— Où ça !

— Chez le commissaire !

— Pourquoi faire ?

— On te le dira !

— C'est que j'ai ma castrole à porter à mon officier.

— Quelle castrole ?

— C'est nous qu'il appelle castrole ! Tu entends Flairdecoin !

— Ah ça, c'est trop fort ! Castrole !... Il insulte la police à présent.

Les deux agents tombèrent dessus et pour lui inculquer le respect des défenseurs de la loi, lui administrèrent un passage à tabac extralégal.

Au bruit, le concierge accourut.

Le capitaine Ridubois, qui s'était avancé sur le palier pour voir, dans son impatience, si la nourrice ne revenait pas, et l'obliger à ne pas flâner dans l'escalier, descendit les marches quatre à quatre.

— Eh mais ! c'est Piédoux, le brosseur du capitaine, s'exclamait le concierge.

— Mon ordonnance ! confirmait le capitaine. Qu'as-tu fait, animal ?... Que lui voulez-vous, ajouta-t-il en s'adressant aux agents ?

— Il nous a appelés castrole, déclara Bardelac.

— Mais pas du tout, fit Piédoux, je leur-z-y disais, mon capitaine, que je vous apportais une *castrole*... Même que la voilà la petite castrole...

— Je ne t'ai pas chargé d'acheter une casserole ! s'écria le capitaine.

— Non, mon capitaine, c'est la nourrice.

— Ah ! Vous voyez bien, mon capitaine, fit observer Flairdecoin, il mentait, vous ne l'aviez pas chargé d'acheter de casserole !...

— Lui, non, mais la nourrice, oui ! Où est-elle, cette nourrice, mille nom d'un nom.

— Ça, je ne sais pas, mon capitaine. Elle m'a donné la castrole, et puis, elle a filé comme si elle aurait eu le feu à ses jupes !...

— Tu la connaissais donc ?

— Non ! mon capitaine, mais elle, elle me connaissait, probable, à preuve qu'elle m'a appelé par mon nom.

— Comment le savait-elle, ton nom ?... En voilà, un fourbi !...

— Si on vous le demande, qu'elle m'a dit comme ça, vous direz que vous n'en savez rien !...

— Mais elle va revenir ?

— Ça, je ne crois pas, mon capitaine, vu qu'elle tournait le dos à votre maison et qu'elle a joué des jambes comme un oiseau qui s'envole !...

— Comment !... Elle a filé comme ça, la nourrice !... Ah ! ça !... Qu'est-ce que c'est qu'une nourrice comme ça qu'on trouve chez soi sans qu'on sache par où elle est entrée et qui décanille comme une sylphide.

— Minute, fit Flairdecoin. Excusez-nous mon capitaine...

— Je ne suis pas votre capitaine ! Ah ! mais, non, et je ne veux pas le devenir vous m'entendez, hein ! Appelez-moi monsieur, tout court.

— Eh bien ! Mossieu le capitaine, dit Bardelac, que nous sommes au regret, mais nous sommes obligés d'emmener le particulier qui a a une histoire aussi peu claire qu'obscure...

— Mais, moi, je vous dis que c'est mon ordonnance, que j'ai besoin de lui.

— Il nous a appelé *castroles*.

— Mais non ! Il vous a expliqué : il m'apportait une casserole et cette casserole la voilà ! Allons, viens, toi ; et vous autres, rompez !

— Possible, reprit Flairdecoin, qu'on se soye trompé pour ce qui est de la *castrole* ; en ce cas, le passage à tabac ne compte pas, nous le retirons. Mais la corde à nœuds, le cambriolage...

— La corde à nœuds, le cambriolage ! répéta le capitaine stupéfait. Qu'vous me chantez-là, mille millions de cartouches Lebel ? Qu'est-ce que c'est que toutes vos histoires de cordes à nœuds ?

— Oui ! la corde à nœuds, vous ne comprenez pas, monsieur le capitaine, mais nous comprenons, nous, et lui aussi, il nous comprend.

— Ah pour ça ! non ! affirma Piédoux.

Malgré le ton d'assurance avec lequel Flairdecoin proférait cette accusation, le capitaine Ritubois ne fut pas convaincu tant l'ahurissement de Piédoux fut profond et sincère.

— Vous voyez bien que non, il ne comprend pas !... D'abord, comment voulez-vous qu'il comprenne tous vos rébus, il ne comprend déjà pas ce qui est clair...

— Je croirais plutôt qu'il est malin comme un singe ! s'écria l'agent. Vous y fiez pas, Mosieu le capitaine !...

— Malin comme un singe, vocifèra l'officier furieux. Dites tout de suite que je ne connais pas mon brosseur ! Je vous dis, moi, que c'est une tourte, une vraie tourte !... En tous cas, nom d'une bobinette, tourte ou non, je le garde.. S'il est fautif en quoi que ce soit, je vais le coller à la boîte... Ça me connaît... Pas besoin de vous pour m'apprendre à coller un homme à la boîte, peut-être !...

— Impossible, capitaine, dit encore Flairdecoin. Nous sommes obligés de l'arrêter, il a été pris en flagrant délit de cambriolage...

Piédoux bondit d'indignation.

— De cambriolage, moi !... J'ai-t-y aussi

assassiné mon père et coupé ma grand'mère en morceaux ? Non d'un polochon ! Si c'est pas malheureux d'entendre des choses comme ça !

— Et si ça n'était que ça, fit Bardelac. On pourrait fermer les yeux... Mais il y a la malle poste ! La malle poste que vous avez attaquée, malheureux !

— Ah ! mais ! dites donc !... cria l'officier, en voilà assez avec vos histoires ! La malle poste, à présent ? Il attaque la malle poste, Piédoux... Quand ça ?... Il y a cinquante ans ?... Je suis sûr qu'il ne sait même pas comment que c'est fait, une malle poste !

— Ah ! Pour ça !... déclara le brosseur, mon capitaine peut-être sûr que oui... Je ne sais même pas à quoi que ça sert !... Je connais le mal-aux-dents, mais la malle poste, non !...

— Piédoux, toute réflexion faite, laisse-toi emmener par ces deux cocos-là, ça fera une erreur judiciaire carabinée, et je ne suis pas fâché de jouer ce sale tour-là à la police ?...

Du moment que ça fait plaisir à mon capitaine ! dit Piédoux. Et puis, ça me promènera.

— Justement !... dit l'officier.

Et Piédoux fut emmené par Bardelac et Flairdecoin.

. . . .

Or, comment Bardelac et Flairdecoin étaient-ils arrivés aussi rapidement à trouver la piste de Décasseau, ce qui ne leur servit d'ailleurs qu'à commettre une erreur judiciaire de plus ?

C'était bien simple.

Le commissaire de police avait quitté son

bureau après avoir donné ses instructions à Flairdecoin, en annonçant qu'il reviendrait le soir même pour finir d'arranger le fameux scandale des sénateurs.

Lartichaud s'apprêtait à partir, quand il se sentit retenu par un pan de sa capote.

— Le commissaire nous a dit de te remettre en liberté, aussi tu es libre, lui déclara Flairdecoin, mais je te réquisitionne pour nous aider, Bardelac et moi, à retrouver ton camarade, le vrai coupable !

— Mais c'est que j'ai pas bouffé, avait gémi Lartichaud. Je voudrais rentrer tout de suite à la caserne, histoire de m'envoyer une gamelle!..

— Ça, mon garçon, ça ne nous regarde pas. Si on entrait dans des considérations comme celle-là, il n'y aurait plus de police possible.

— Parfaitement, approuva Bardelac.

— D'ailleurs, c'est bien simple, tu vas nous accompagner, sinon, nous te coffrons, pour refus d'obtempérer à la réquisition d'agents de la force publique... Tu es un troubade, on a le droit de te réquisitionner, c'est sur ton livret !..

— Et l'appel ? J' vais *la* rater l'appel, et on me foutra de la boîte en quantité considérable... Y a aussi sur mon livret qu'il faut que je réponde à l'appel !...

— Pour ça, tu n'as rien à craindre ! Nous te délivrerons une attestation.

— C'est autre chose ! avait fait Lartichaud. Mais pendant que vous y êtes, vous devriez bien me délivrer un bon de soupe.

— Assez d'observations. Circulez ! ordonna Bardelac, se servant d'une formule familière.

Et Lartichaud dût circuler en compagnie de Flairdecoin et de Bardelac qui le ramenèrent dans les environs du bureau de poste où s'était effectuée son arrestation.

— Voilà, fit Flairdecoin, c'est ici que l'autre a perpétré son délit.. L'autre, celui qui s'appelle Lemerle, que je crois.

— Bécasseau, rectifia Lartichaud.

— C'est la même chose, affirma Bardelac, qui ne reculait pas devant les conceptions les plus hasardées. C'est toujours un parent d'oiseau.

— Il a tourné l'encoignure de cette rue, reprit Flairdecoin. Nous allons suivre le même chemin, interroger les boutiquiers, les concierges et tâcher de savoir par eux la direction qu'il a suivie... Car probable qu'il ne rentrera pas à la caserne après son coup fait. C'est pas la peine d'aller l'y attendre.

L'enquête commença donc.

Après avoir tourné l'encoignure, Flairdecoin avisa un concierge qui gardait soigneusement sa porte contre les injures des toutous malpropres.

— Sales bêtes ! dix par jour au moins, qui viennent se soulager ici ! Mais ça finira, j'en démolirai deux ou trois...

— Vous n'auriez pas vu, demanda Flairdecoin, un soldat qui passait en courant par cette rue, il y a une demi-heure ou trois quarts d'heure.

— Un soldat ? Comment était-il ?

— Dites comment il est, votre copain, ordonna Flairdecoin à Lartichaud ?

— Ben, fit celui-ci, il a un képi, comme moi, une capote, comme moi, un pantalon rouge, comme moi : Et il a l'air un peu andouille...

— Toujours comme vous, alors. Mais est-il grand, petit ? a-t-il le nez camard ou pointu, le visage ovale ou carré, les cheveux blonds, bruns ou noirs ? A-t-il un signe particulier ?

— Ben, je vais vous dire : Il a des petits yeux en trous de vrilles, le nez pointu, les cheveux tondus ras — alors on ne sait pas s'ils sont blonds ou bruns, c'est comme qui dirait entre les deux...

— Oh ! fit le concierge interressé.

— Comme signe particulier ? demanda Bardelac.

— Il crie toujours : Vive la classe et les bons de tabac !...

— C'est un signe particulier ça, tourteau !... Et avec ça ?...

— Avec ça ? Attendez donc : il a une tache de vin sur le mollet gauche. Je l'ai vue à la chambrée quand c'est qu'il se couche.

— Oui, pochetée, mais à la ville, ça se voit moins, remarqua le concierge goguenard... Et comment s'appelle-t-il, ce soldat ?

— Bécasseau qu'il s'appelle, répondit docilement Lartichaud.

— Oh ! fit le concierge de plus en plus interressé. Et pourquoi le recherchez-vous, comme ça ?

— Dites donc, le concierge, intervint Flairdecoin, est-ce que vous allez nous faire marcher longtemps ! Ça ne vous regarde pas pourquoi nous le cherchons. Oui-z-ou non, avez-vous vu le soldat dont on vous a donné le signalement ?

— Moi je viens de rentrer... Et puis, j'ai bien assez de surveiller les chiens qui salissent ma porte et de lire les journaux de mes locataires, sans m'occuper des gens qui passent devant la maison.

— Idiot, vous ne pouviez pas le dire plutôt.

— Idiot ! Tâchez donc d'être poli, vous.

— Pas de rouspétance, hein ? fit Bardelac, ou je vous fiche au clou, vous entendez le concierge.

— Au clou ! moi ! Je voudrais bien voir ça ! Et pourquoi, au clou ?...

— Pour outrages aux agents !

— Ben, elle est forte celle-là.

— Viens, Bardelac, dit Flairdecoin, on le repincera un de ces jours, ce loustic-là ; mais aujourd'hui, nous sommes pressés.

— C'est bon, c'est bon ! j'te suis... Je vous aurai à l'œil, vous !

Le concierge rentra chez lui suffoquant de colère.

Quelques pas plus loin, les agents soumettaient à leur questionnaire une marchande de beurre, œufs et volailles.

— Vous n'aureriez pas vu un soldat qui fichait le camp à toute vitesse, tout-à-l'heure, avec un nez pointu, des cheveux qu'on ne voit pas, des yeux en vrille, en criant : Vive la classe et les bons de tabac !...

418 7

C'était Bardelac qui parlait.

— Je l'ai peut-être bien vu, dit la crémière, mais je ne l'ai pas remarqué. Je ne pourrais pas vous dire.

— Bien, bien ! On n'a pas de temps à perdre.

Ils approchaient du bout de la rue.

— Tiens, un marchand de vin, observa Flairdecoin ! Entrons là dedans... Chez un marchand de vin, il y a toujours des gens qui n'ont rien à faire qu'à regarder dans la rue, nous aurons peut-être des renseignements... Faut voir.

Le marchand de vin se prêta de bonne grâce à l'interrogatoire.

— Un soldat, mais oui ! J'en ai vu un ; même qu'il était drôlement fagoté et que si j'avais été sergent de garde à la porte du quartier, il aurait fait demi-tour par principe...

— C'est lui ! s'exclamèrent en même temps Lartichaud, Flairdecoin et Bardelac.

— Ça doit être ça, parce que j'ai l'œil bon et qu'il ne passe personne devant ma porte sans que je m'en aperçoive... Il était avec un drôle de particulier qui ne me disait rien de bon.

— Non, fit Lartichaud, il était tout seul.

— Je vous dis qu'il était avec un espèce de pas grand chose. Ils se sont assis tous les deux à cette table, ont bu un demi-setier chacun et sont partis, il y a un quart d'heure, à peu près.

— Mais puisqu'il était tout seul ! objecta encore Lartichaud.

— Ah ! reprit le marchand de vins, je me rappelle qu'en arrivant ici il était essoufflé, tout hors d'haleine, poussiéreux et taché, comme s'il avait longtemps couru.

— Il n'y a pas à douter, c'est bien lui, affirma Flairdecoin. Vous ne savez pas où ils sont allés en sortant d'ici.

— Moi je n'en sais rien, mais mon garçon qui les a servis pourrait bien vous renseigner. Il était assis à une table près de la leur et a dû entendre leur conversation... Ugène !

Ugène accourut des profondeurs de l'arrière-boutique. Mis au courant de ce qu'on attendait de lui, il baragouina tout d'une traite :

— Pour chur que je le chais où ils chont allés ! Le choldat avait dit ja l'autre qu'il avait des jembêtements et l'autre lui a demandé de déménager cha cheur avec lui... Comme chi cha n'aurait pas été davantache mon affaire, un déménagement.

— Il lui promettait de l'argent, au choldat... Ah ! et le choldat disait qu'il fallait qu'il déjerte, parche qu'il allait pacher au concheil.

— C'est lui, haletait Lartichaud, plus de doute ! Satané Bécasseau ? Et dire qu'il a fait tout ça par peur du conseil !...

— Et ce déménagement, où allait-il le faire ?

— Attendez un peu. Rue de Chèze, qu'il a dit l'autre...

— Rue de Séze... Merci ! Au trot, vous autres, nous le tenons. Mais il n'est que temps...

— Pas besoin de courir, fit Bardelac. Un déménagement, ça ne se fait pas en un quart d'heure.

— Oui, mais où, rue de Séze ? Nous ne savons pas. Il va falloir chercher.

— Et la voiture de déménagement, on la verra, fait Lartichaud.

— Gros malin ! s'ils avaient une voiture, ils auraient des déménageurs, et le pékin n'aurait pas eu besoin de Bécasseau.

— Tout de même, opina Bardelac, y aura bien une voiture à bras.

— Peut-être bien. En ce cas, la besogne sera simplifiée.

Rue de Sèze, les agents et Lartichaud, virent bien deux tripoteurs de livraison, mais pas la moindre charrette à déménager.

Ils ne savaient à quel saint se vouer.

— Faut se grouiller, dit Flairdecoin. Toi, le soldat, tu vas rester en faction dans la rue pour voir si ton copain ne sortirait pas d'une maison. Toi, Bardelac, tu vas interroger les concierges des numéros pairs, moi je vais faire les numéros impairs.

Ce plan allait être suivi, quand un homme, coiffé d'une calotte grecque sortit précipitamment d'un corridor et courut vers Bardelac.

— Monsieur l'agent, venez vite, il y a des cambrioleurs dans ma maison au cintième...

— Allez au commissariat ! Nous sommes en mission, Monsieur l'inspecteur de la sûreté z-et moi.

— Mais, monsieur l'inspecteur, fit le concierge en s'adressant à Flairdecoin, si je vais au commissariat les cambrioleurs auront le temps de s'échapper.

— Ça m'est égal, Allez au commissariat ! Chaque chose en son temps ! Nous n'avons pas six mains. Nous ne pouvons pas nous occuper à la fois de notre tourlourou et de vos cambrioleurs.

— Le concierge s'éloignait, espérant trouver un peu plus loin des agents moins occupés, quand Flaidecoin le rappela.

— Un renseignement d'abord ! N'auriez pas vu un soldat, sale et mal ficelé, les yeux petits, le nez pointu, une tache de vin au mollet gauche, criant : Vive la classe et les bons de tabac ! accompagné d'un individu qui est vêtu d'un complet à carreaux et affublé d'un chapeau melon ?...

Ainsi qu'on le voit, Flairdecoin, bien avisé une fois par hasard avait pris le signalement du compagnon de Bécasseau.

Le concierge l'écoutait bouche bée.

— Mais oui, je les ai vus, dit-il enfin quand l'ahurissement ne lui enleva plus l'usage de la parole... Je les ai si bien vus que c'est ces deux saloperies-là qui sont mes cambrioleurs !...

— Pas possible !...

— Malheureusement, si, que c'est possible.

— Mais saperlipopette, l'ami du troubade prétendait qu'il allait déménager sa sœur.

— Sa sœur ! Sa sœur ! Comme vous et moi, monsieur l'inspecteur ; ils déménagent les chambres de bonnes, oui, comme des cambrioleurs qu'ils sont. Y a pas de doute, allez, c'est bien eux que vous cherchiez.

— Qu'est-ce que tu penses, Flairdecoin ? demanda Bardelac.

— Allons-y, Bardelac, répondit Flairdecoin. Allons-y ! Ça, c'est inespéré.

Les deux agents s'engagèrent dans le corridor, puis dans l'escalier de la maison, laissant

Lartichaud planté au beau milieu de la rue, sans lui donner la moindre consigne.

— Bon, dit celui-ci, ils tiennent Bécasseau, ils n'ont plus besoin de moi. Je vais rentrer à la caserne, et dare-dare, d'autant que les affaires de Bécasseau, ça se gâte de plus en plus, et que je ne veux pas m'y mêler d'avantage... Ça suffit comme ça !

Et Lartichaud reprit à toute vitesse le chemin de sa caserne.

Nous savons déjà comment devait se terminer l'expédition de Bardelac et de Flairdecoin. Ce dernier s'applaudissait de son adresse.

— Hein, ça n'a pas traîné, disait-il à Bardelac, le patron sera content.

— Mais vous vous trompez, répétait Piédoux qu'ils emmenaient au poste. Tant pis pour vous, ça fera une erreur judiciaire ! Et puis, pour ce qui est du cambriolage, y avait quatre heures que je n'avais pas mis les pieds dans la maison de mon supérieur, quand c'est que vous m'avez arrêté.

— Ça va bien, vous expliquerez tout ça au commissaire.

Deux heures plus tard, quand le commissaire revint à son bureau, l'explication eut bien lieu, mais elle s'embrouilla dans le début.

— Pas de blague, mon garçon, dit le commissaire. Je vous ai fait arrêter dans votre intérêt, vous alliez faire des bêtises énormes. Sachez moi gré de mes dispositoins bienveillantes et soyez sincère. Vous vous appelez Perdreau, n'est-ce pas ?

— Mais non ! monsieur le commissaire, je m'appelle Piédoux !

— C'est idiot, ce que vous faites-là, mon garçon ; vous comprenez bien que ça ne sera pas difficile d'établir votre identité. Je n'ai qu'à faire appeler un sous-officier de votre compagnie et ce sera tôt fait... Donc, vous vous appelez Perdreau, n'est-ce pas !

— Pardon, objecta Flairdecoin, pas Perdreau, monsieur le commissaire, Bécasseau.

— Bécasseau, s'écria Piédoux, mais je le connais ! Mille polochons ! C'est le troupier le plus connu du bataillon !...

— Parbleu, dit Bardelac.

— Mais ça n'est pas moi !

— Ne vous embrouillez pas, dit le commissaire. C'est bien vous, en tous cas qui avez écrit une lettre d'injures à un sous-officier de dragons.

— Jamais de la vie, monsieur le commissaire, moi !... Ecrire une lettre d'injures à... J'ai jamais injurié même une mouche !...

— Vraiment ! Et ce n'est pas vous qui avez, avec l'aide du soldat Lartichaud, tenté de reprendre cette lettre dans la malle-poste ?

— Lartichaud, je le connais. Mais la malle-poste, ça je ne peux bien dire que je l'ai jamais vue.

Le commissaire s'impatientait et allait faire coffrer Piédoux en attendant que Bécasseau fût tombé entre ses mains, quand deux gardiens de la paix entrèrent dans le bureau poussant devant eux un individu bizarrement costumé ; un morion moyen âgeux sur la tête, une cuirasse antique aux épaules, un haut de chausses gris sur les jambes.

— Bécasseau ! s'écria Piédoux.

— Qui ! Quoi ! s'écria le commissaire. Vous prétendez que cet individu serait le Bécasseau que je fais rechercher.

— Oui, monsieur le commissaire... Oui !... Que je le reconnais parfaitement, malgré son accoutrement de scaphandrier !...

Piédoux s'avança furieux vers Bécasseau.

— Oui, dis voir un peu que tu n'es pas Bécasseau... Pochetée ! andouille ! C'est à cause de toi que j'ai tous ces embêtements.

— Lâche-moi ! hurla Bécasseau que Piédoux avait pris à la gorge. Oui, j'avoue ! là, qu'on me guillotine, qu'on me fusille, si l'on veut, mais qu'on ne m'oblige plus à changer comme ça de costume toutes les cinq minutes !... J'en ai plein mon sac à brosses, à la fin !.. Et qu'on me fasse passer au conseil tout de suite !... J'aime mieux ça.

VII

POURQUOI BÉCASSEAU AVAIT UNE ARMURE

Comment Bécasseau était-il entré dans le costume d'un homme d'armes du XVIe siècle, pour se faire arrêter au moment où Piédoux allait expier les méfaits commis par notre héros ?

C'était bien simple ! Pourtant, à première vue, cela paraît difficilement explicable.

En fuyant la maison du terrible capitaine Ridubois, le héros de ces désastreuses aventures s'était élancé vers la caserne, ce qui lui avait procuré l'inappréciable avantage de rencontrer Piédoux, entre les mains duquel il avait pu se débarrasser de la casserolequ'on l'avait envoyé chercher.

Quand il se sentit hors des atteintes du capitaine Ridubois, il songea qu'il ne pouvait décemment se présenter à la caserne en costume de nourrice. Il sentait qu'il serait déjà très mal reçu sans cela. A plus forte raison s'il était affublé d'une tenue aussi antimilitaire.

Rien que d'y songer, il tremblait.

Non, décidément, il ne se jetterait pas dans la gueule du loup, sans savoir ce qui l'attendait.

Il tourna le dos à la caserne et chercha des rues peu fréquentées. Dans un endroit propice, il se débarrassa de son tablier blanc, de son bonnet, de sa pelisse et tapa sur ses effets militaires qui se trouvaient là-dessous un peu fripés.

Plus tranquille, il reprit sa promenade sans but et se trouva dans les parages de l'Opéra. Comme il marchait tête basse, il se cogna à un promeneur qui s'arrêtait pour admirer les bijoux à une devanture. Ce promeneur avait un pantalon rouge, une capote, dans un coin du collet, il y avait le numéro du propre régiment de Bécasseau.

Bécasseau n'avait pas eu besoin de voir ce numéro pour reconnaître le promeneur.

— Poitel !...

— Bécasseau !...

— Où vas-tu ?

— Je vais à l'Opéra !

— A l'Opéra !... Mon colon !... Tu ne t'embêtes pas !

— Oui, mon vieux, si le cœur t'en dit, je t'emmène...

— Je veux bien si c'est pas plus de vingt-cinq sous, et encore, faudra que tu me les avances.

— Pas besoin !...

— C'est pas gratis toujours.

— Gratis ? au contraire !... Les vingt-cinq sous, c'est toi qui les toucheras.

— Je toucherai vingt-cinq sous pour aller à l'Opéra.

— C'est comme je te le dis. Et moi aussi je toucherai vingt-cinq sous.

— Mâtin !... C'est bien tentant !...

Et Bécasseau pensa amèrement que sans doute c'était fini de longtemps, pour lui, ces soirs où les troubades peuvent faire de leur temps ce qu'ils veulent, allez par exemple, à l'Opéra et y toucher vingt-cinq sous. Il songea aussi que Poitel le renseignerait peut-être sur ce qui se passait à la caserne, et il se cramponna à lui.

— Oui, des fois, j'irais bien avec toi, dit-il avec conviction. Et à la caserne, qu'est-ce qu'on dit de neuf ?

— Comment, qu'est-ce qu'on dit de neuf ? Tu ne sais pas ?

— Non, je ne sais rien ! Je suis dehors depuis à c' matin.

— Ah ! ben, mon colon ! Y en a du nouveau... Et même que ça t'intéresse. Ah ! nom d'un polochon !... Comment, tu ne sais pas ?

— Non, j' te dis, fit Bécasseau, repris du tremblement nerveux qui l'avait secoué à tant de reprises dans la journée.

— Ben, c'est trop long ! Nous v'là presque arrivés à l'Opéra. Si t'as rien à faire, viens. J' te ferai toujours bien entrer et je t'expliquerai ça pendant les *entraques*.

Bécasseau se décida. Il suivit Poitel.

— Mais quoi que tu y fais à l'Opéra, pour qu'on te donne comme ça des vingt-cinq sous comme si qu'il en pleuvait ?

— J' suis figurant !

— Figurant de quoi ?...

— Tu te figures pas, ce que c'est que de figurer ?

— Si ! J'ai figuré l'ennemi, bien souvent, aux grandes manœuvres. Mais je suppose qu'à l'Opéra on ne te fait pas faire l'école de peloton !...

— Un peu ! Une supposition : On te dit que tu seras un magistrat, alors tu te mets le costume de magistrat et tu te promènes comme ça sur la scène. On disait : Vous allez être marchand de gauffres, président de la République ou troubade de l'ancien temps, ça serait la même chose !...

— Alors, faudra que je figure quoi ?...

— On te le dira... Mais t'es sûr d'avoir un emploi, vu que je suis très bien avec le chef de la figuration, et tu seras accepté pour sûr.

— Je n'aurai rien à dire, au moins, parce que le public, moi, je sais que ça m'intimiderait ?... J' suis pas plus bête qu'un autre !... Mais aller raconter queuque chose au public qui est là, c'est au-dessus de mes forces !...

— Tu n'auras qu'à marcher en suivant les autres.

— Ça c'est dans mes moyens !... Mais tu me diras ce qui s'est passé à la caserne, hein ?

— Oui, là ! c'est entendu... Dans *l'entraque*...

— Ils arrivèrent chez un marchand de vins. Le chef de la figuration était en train de déguster un bock comme le plus simple des mortels, mais il avait une figure très ennuyée.

— Voyez-vous, disait-il, à deux individus pâles et maigres qui l'écoutaient avec une attention obséquieuse, on met sur l'affiche Alvarez, Renaud, Bréval... Tout ça, c'est très bien et il faut reconnaître qu'ils contribuent un peu au succès de la représentation... On y met aussi les sujets de la danse : Subra, Zambelli, de Mérode et des tas d'autres dont je ne sais pas les noms. Bien sûr, ils ont leur petit mérite... Mais sans la figuration, qu'est-ce que tous ces gens-là deviendraient ?

— Ils ne s'en doutent pas eux-mêmes, dit un des consommateurs.

— C'est-à-dire, mes lascars, qu'ils ne pourraient pas seulement tenir une semaine. Le chant, la musique, ça fait du bruit, ça occupe les oreilles, mais qui occupe les yeux ?... Sans nous, l'Opéra ferait faillite !

— Ça, je le crois sans peine !... Comment jouer *les-z-Huguenots*, sans figurants ? répliqua le consommateur.

— Tenez, dit le chef de la figuration, en désignant Poitel qui attendait patiemment que ce personnage ait fermé son robinet d'éloquence, voici un jeune homme, dont évidemment le public ne connaît pas le nom !

— Je ne crois pas ! dit Poitel.

— Eh bien, dans *Sigurd*, il a fait, l'autre jour, un guerrier burgonde dans la perfection.

— Oh, oh ! Je vous félicite, jeune homme, dit un des consommateurs.

— Et que l'on ne dise pas : après tout, qu'est-ce qui ne ferait pas un petit guerrier burgonde ? Ça n'est pas facile du tout. Il faut de l'allure, de la prestance, un je ne sais qui, doublé d'un je ne sais quoi qui impressionne le public.

— Evidemment !

— Et quelle souplesse de talent, continua le chef de la figuration enthousiasmé, ce fier guerrier burgonde devenait le lendemain l'un des évêques du grand concile de la *Juive*, et j'en atteste tout le répertoire, jamais figurant n'a eu une allure plus épiscopale...

Poitel, sous le feu des compliments, trouva le moment opportun pour présenter son ami qui, assura-t-il, était doué de toutes les qualités nécessaires à un figurant de premier ordre.

Présenté, sous de pareils auspices, Bécasseau ne pouvait qu'être agréé.

— Vous arrivez à merveille, mes lascars, dit le chef de la figuration. Ce soir, pour les *Huguenots*, il me manque du personnel. On m'a débauché une dizaine de mes hommes pour une féerie au Châtelet. On leur donne quarante sous, et ils ont accepté, les misérables ! Ils n'ont pas craint de déchoir pour quelques sous de plus, eux qui avaient l'honneur d'appartenir à notre grande académie nationale de musique, à un théâtre subventionné !... Bigre... Mais je bavarde, je devrais être sur le plateau — sur la scène, expliqua-t-il pour Bécasseau. En route, mes enfants ; il y aura la goutte à boire là-haut, si je suis content de vous !...

A la suite de Poitel et des deux consommateurs qui avaient emboîté le pas au chef de la figuration, Bécasseau enjamba rapidement les escaliers qui le séparaient des salles réservées à l'habillement des figurants.

On les réunit d'abord tous ensemble, dans une salle assez étroite. Ils étaient bien cent cinquante, la plupart en costume d'ouvriers ; il n'y avait que Poitel et Bécasseau de militaires.

Le chef de la figuration passait devant chacun d'eux, désignait leur emploi.

— Bourgeois... soldat... bourgeois... moine... seigneur... soldat... moine... disait-il, selon que chacun des préposés à la figuration lui semblait propre à revêtir tel ou tel costume.

Il n'hésita pas devant Poitel.

— Tu as si bien fait un évêque, dans la *Juive* que tu ne peux manquer d'être parfait en moine, ce soir.

Puis en passant Bécasseau :

— Soldat, dit-il...

Sitôt ce premier examen fini, les habilleurs appelèrent les catégories diverses de figurants.

— Eh, les moines, à droite !...

— Par ici, les seigneurs !

— Les soldats au fond. Depêchez-vous, les soldats, vous paraissez au premier acte.

En effet, le premier acte des *Huguenots* se passe dans un camp, et c'est bien là la place où jamais de montrer des soldats.

Bécasseau suivit donc les autres soldats et, comme eux, reçut un pourpoint, un haut de chausses, une cuirasse, un casque, une épée et une hallebarde.

— Mais je n'ai pas besoin de tout cela, pensa-t-il, puisque je suis tout habillé en soldat ! Ça, c'est bon pour les pékins. Si je pouvais rejoindre Poitel, pendant que les autres s'habillent, je me ferais raconter ce qui s'est passé à la caserne... Ça m'intéresse, à ce qu'il a dit ! J'ai bien peur que ça m'intéresse trop, mille polochons !... Avec tout ce qui m'est arrivé depuis hier.

Il voulut rejoindre Poitel.

— Où allez-vous ?

— Je vais causer à mon copain !...

— Plus tard, vous n'avez pas le temps maintenant !...

C'était l'habilleur qui renvoyait Bécasseau dans son coin.

— V'là vot' costume, dit Bécasseau, en lui tendant le paquet qu'il avait reçu...

— Bien quoi, ce costume, qu'est-ce qu'il a ?... Vous ne croyez pas qu'on va y faire des retouches pour vous... gardez-le.

— Ah bien, je lui rendrai, son fourniment tout à l'heure, se dit Bécasseau ; avec moi, il ne court pas le risque d'être volé... Mais, c'est bien embêtant qu'il m'empêche d'aller voir Poitel.

Et pendant que chacun s'habillait en grande hâte, n'ayant rien à faire, puisqu'il était tout prêt, grâce à la sagacité du gouvernement, il s'amusa à regarder ce qui se passait autour de lui.

Choristes, ballerines, coiffeurs, habilleurs, machinistes, électriciens, chanteurs, tout ce monde courait, parlait, s'échauffait, s'attrapait même au besoin, dans un langage peu académique.

Il y avait notamment un seigneur de la cour de Charles IX qui devait, dans la journée, être professeur d'argot à Montmartre.

Bécasseau, touché du peu de tenue d'un aussi beau gentleman, allait laisser déborder son indignation, quand il fut lui-même vigoureusement interpellé.

— Eh, là-bas !... le lascar en pantalon rouge, criait l'habilleur, allez-vous enfin vous décider à passer votre costume ?

— Mais je l'ai, mon costume, dit Bécasseau, je l'ai en entier.

— Comment, vous l'avez ? mais ça ne suffit pas ! Faut le mettre !

— Je n'ai pas besoin de le mettre, mille polochons, puisque je fais un soldat !

— Alors, vous vous figurez que sous Charles IX, les fantassins étaient ficelés comme vous ?

— Je ne sais pas, moi !...

— Espèce de pochetée, si vous aviez gros comme une noix d'intelligence, vous réfléchiriez que si les z-huguenots avaient été des lignards, on les aurait appelé des lignards et pas des z-huguenots.

Cet argument péremptoire convainquit Bécasseau qui finit par se fourrer dans sa cuirasse.

Il était temps, on descendait en scène.

Les deux premiers actes se passèrent sans

incidents, son rôle consistait à se tenir immobile, la hallebarde au point.

Entre le deux et le trois, il put échanger quelques phrases avec Poitel, ils étaient tous deux dans le même groupe de figuration.

— Eh bien, mon vieux, lui dit Poitel figure-toi que l'adjudant Labrisque est revenu ce matin de permission.

— Ah ! il est revenu, l'adjudant Labrisque, répéta Bécasseau, qui se rappelle l'incident du cheval emballé, le punch au café, et les 4 fr. 20 de consommation, qu'il n'avait pu régler et qui avaient été ou allaient être réclamés à l'adjudant.

— Bon, reprit Poitel, ça n'a rien d'étonnant qu'il soit rentré Labrisque. Mais y a autre chose, figure-toi que dans la matinée, le colonel a reçu la visite d'un garçon de café qui lui a raconté que, la veille, Labrisque s'était pochardé dans son établissement et lui avait laissé pour cent sous de consommations non payées ! Ça en a fait un raffut !...

— Attention, mes enfants, interrompit le chef de figuration à ce moment. Ecoutez-moi et tâchez moyen de vous pénétrer de ce que je vais vous dire. Vous allez faire les soldats catholiques qui poursuivent les mécréants de protestants. Pas nécessaire de vous dire d'y mettre de l'ardeur, vu que c'est la Saint-Barthélemy et que ce jour-là, on massacra tant qu'on put. Aussi, n'ayez pas l'air de faire des politesses aux protestants, appuyez-leur une chasse soignée. Tâchez de respecter le plus possible la vérité historique.

Bécasseau, malgré ses préoccupations personnelles, commençait à être empoigné par le jeu théâtral ; il se sentait fait pour être artiste et se mettait consciencieusement dans la peau de son personnage.

— Pour ce qui est de toi, lui dit Poitol, c'est encore plus fort ce qu'on raconte...

Bécasseau n'en entendit pas davantage.

— Allons ! En avant ! criait le chef de figuration.

— Nom d'une pipe, fit Bécasseau, Ça me fera du bien de taper sur quelqu'un... Y a trop longtemps que j'ai des embêtements.

Bécasseau avait compris que, son équipée était connue, qu'il était perdu. Une rage folle le saisit, mais cette rage, il résolut de la faire tourner au bénéfice de l'interprétation du rôle qu'on lui avait confié. Il allait en faire de la vérité historique !

Il en fit, le bon et naïf Bécasseau, comme jamais on n'en avait fait à l'Opéra. Il y alla, sur les protestants, à coups de poing, à coup de pique, à coups de souliers. Les protestants protestèrent bien, naturellement !... Mais ils détalèrent, devant ce fou furieux, avec une prestesse dont rien n'approche.

— Ah j'aurai votre peau ! s'écriait-il.

Et ça, malheureusement, ça n'était pas dans le texte...

Six ou sept malheureux protestants furent atteints par l'irascible hallebarde de Bécasseau ; peu grièvement, mais assez pour beugler com-

Après cette allocution, le chef attendit un moment pour lancer son monde sur la scène

me des possédés... La musique de Meyerbeer, par bonheur, couvrait leurs cris.

On eut toutes les peines du monde à mettre le troubade hors d'état de nuire.

— Non ! hurlait-il, laissez-moi faire. On m'a dit de taper, je tape !... Voilà !... Je veux gagner mes vingt-cinq sous, nom d'un polochon !...

Dans la salle, on s'était aperçu de ce qui se passait sur la scène et l'on avait cru à un subit accès de folie de l'un des figurants. On avait vu du sang sur le visage d'un protestant que Bécasseau avait violemment heurté dans le nez, du bout rond de sa hallebarde. Des femmes s'effrayèrent, poussèrent des cris perçants. Un loustic, cria : Au feu !

Le chef de la figuration prit une décision énergique. Il lança sur Bécasseau un flot de figurants qui avaient déjà traversé la scène. Bécasseau fut emporté par le courant.

Mais dans la coulisse, la bataille reprit de plus belle. Les figurants qui avaient été malmenés se ruaient sur Bécasseau à leur tour, et l'affaire devenait sérieuse.

Bécasseau était de plus en plus dans la peau de son personnage, il se défendait comme un lion. Heureusement, le fer de sa hallebarde avait été cassé, il ne lui restait qu'un bâton avec lequel il faisait une belle défense.

Mais soudain, son arme lui tomba des mains, la foule de ses assaillants s'ouvrait devant deux hommes en uniforme qu'il reconnut bien, celui des gardiens de la paix.

C'était fini. Pour avoir voulu trop bien gagner ses vingt-cinq sous, une dernière fois, il tombait entre les mains de la justice, déjà lancée à sa recherche, ainsi qu'il avait tout lieu de le supposer.

Et sans un mot, sans songer à réclamer ses effets militaires, dans l'attirail moyen âgeux qui avait souffert de sa lutte héroïque contre les protestants, il se laissa traîner au poste, croulant sous les nouvelles responsabilités qu'il sentait peser sur lui !

VIII

LES ÉTONNEMENTS DE L'ADJUDANT LABRISQUE

Quand le commissaire fut convaincu que c'était Bécasseau qu'il avait sous les yeux et que Piédoux n'était pour rien dans l'affaire de cambriolage, il prit une sage mesure, qui le tirait de l'ennui de déblayer une affaire qui se compliquait à chaque minute.

— Soldat Piédoux, dit-il. Réintégrez immédiatement le domicile de votre capitaine. Quant à vous, fallacieux Bécasseau, je vais vous diriger sur votre caserne. L'autorité militaire se débrouillera si elle veut avec vos avatars, moi, je renonce à comprendre un seul mot de tout cet amalgame saugrenu.

Et il le fit accompagner par deux agents jusqu'à la caserne, où son arrivée dans son costume métallique jeta tout le corps de garde dans un désarroi stupéfiant.

De son côté, Bécasseau demeurait hypnotisé par un spectacle qui couronnait superbement les exploits auxquels il venait de se livrer. Il venait d'apercevoir, devant le corps de garde l'adjudant Labrisque, rentré de permission ainsi que l'avait dit Poitel quelques heures auparavant, qui tenait à la gorge un garçon de café et le secouait comme un prunier, en lui vociférant dans les oreilles :

— De quoi ? de quoi ? Je vous dois 4 fr. 20, moi ?... Et de quand ?... Y a quatre jours que je ne suis pas à Paris, tête de mule !

Et soudain, le garçon de café demanda grâce en lui disant :

— Oui ! Oui ! Vous avez raison ! Mes excuses! C'est pas vous !

Et tournant subitement les yeux du côté de Bécasseau, ce garçon de café ajouta :

— C'est lui ! C'est lui !

L'adjudant Labrisque lâchant le garçon de café, marcha sur Bécasseau et s'exclama :

— Qu'est-ce que ce pierrot-là ? D'où sort-il ?...

Le sergent de garde répondit :

— Je n'en sais pas plus long que vous, n'n'adjudant ! Ces deux agents que v'là, viennent de me l'amener.

— Où l'avez-vous trouvé comme ça ? demanda l'adjudant aux deux agents.

— Chez le commissaire de police !

— Qu'est-ce qu'il y faisait ?

Les deux agents eurent les gestes d'hommes pris au dépourvu.

— Ah ! Dame ! Nous n'en savons rien !...

On nous a dit de le ramener ici, et v'là tout.

— C'est bon !... Allez-vous en !...

Le tournant alors vers Bécasseau, le sous-off. lui dit :

— Et toi, andouille, d'ous que tu sors avec ce costume de fer blanc ?...

— De l'Opéra, m' n adjudant !

— De l'Opéra ? Et qué que t'allais faire à l'Opéra ?

— Figurer, m' n adjudant !...

— Figurer ! Ah ! bougre d'animal ! Tu vas figurer à l'Opéra, toi, quand c'est l'heure de rentrer pour l'appel !... Eh bien ! T'en as un toupet ! Ah ! nom d'un polochon !... Et ton uniforme ?

— Il est à l'Opéra, m' n' adjudant !

— A l'Opéra !... Tu laisses ton uniforme à l'Opéra pour te ballader en habit de mi-carême !...

— Dame, m' n' adjudant...

— Oui ! ça te paraît tout naturel ?... Bon ! Bon !... On verra voir si ça paraît aussi naturel au conseil de guerre...

— Au conseil de guerre !... clama Bécasseau terrifié... Je passerai au conseil de guerre, moi ?...

— Si tu ne retrouves pas tes effets d'uniforme, probable, oui !...

— Ah ! mille cravates ! larmoya Bécasseau Passer au conseil de guerre ! Moi qui me mets sens dessus dessous depuis deux jours pour y couper au satané conseil de guerre ; si c'est pas marronnant !...

— Ah !... Tu t'y prends bien, pour y couper, faut croire !...

Et appelant le caporal de garde, Labrisque lui dit :

— Conduisez-moi cet animal-là à la boîte ....

Puis, s'apercevant de la présence du garçon de café qu'il avait oublié, il rectifia son ordre, en disant :

— Au fait, non !... Faut encore s'expliquer sur ces 4 fr. 20 !...

S'adressant au garçon de café, il lui dit :

— Vous prétendez que cet individu vous doit 4 fr. 20.

— Oui !... Il est venu consommer dans l'établissement oùs que je suis garçon de café, après avoir arrêté un cheval emporté !...

— Et il était frusqué comme il l'est maintenant ?

— Que non !... C'est un adjudant.

— Un adjudant, Bécasseau ?... Ah ! elle est bonne !...

Et l'adjudant Labrisque se mit à se tordre ainsi que le sergent de garde.

— Y s'appelle pas Bécasseau, y s'appelle Labrisque !... affirma le garçon de café.

Et cette nouvelle allégation ne fit que redoubler la gaieté de l'adjudant.

— De plus en plus fort, dit-il, y s'appelle Labrisque ?

— Mais oui !...

— Vous êtes maboul !... complètement maboul !... Y peut pas s'appeler Labrisque !... dit l'adjudant. Puisque Labrisque, c'est moi !

— Ah !...

Le garçon de café ouvrait de grands yeux.

— Ça vous en bouche un coin ! dit Labrisque.

— En tous cas ! riposta le garçon de café, je m'en fiche !... C'est celui-là qui me doit 4 fr. 20, me les faut...

— J'ai pas le sou, dit Bécasseau.

— Y vous les paiera sur son prêt, petit à petit, dit Labrisque. Mais ça ne me regarde pas ! Faut vous en aller. Et je fourre votre débiteur à la boîte... Au revoir.

Et il expulsa le garçon de café de la caserne, tandis qu'il donnait ordre de conduire Bécasseau à la boîte.

— Comment tout ça va-t-il se terminer ? se demandait Bécasseau avec une inquiétude croissante.

Labrisque regagnait sa chambre, quand un de ses collègues, l'adjudant Trousscocq, l'abordant dans la cour du quartier, lui tendit la main en lui disant :

— Tu sais, mon vieux, je te félicite.

— Et de quoi ?...

— Comment de quoi ?...

— Mais de ton acte de sauvetage !...

— De quel acte de sauvetage ?

— Ah ! Non !... Ne me fais pas poser, hein ?...

Une heure après, c'était le sergent-major de sa compagnie. Qui, le rencontrant dans un couloir, s'avançait vers l'adjudant Labrisque et lui disait la bouche en cœur :

— Mon adjudant, permettez-moi de vous féliciter...

— Et de quoi ?...

— Mais de votre acte de sauvetage !...

— De mon acte de sauvetage ?... Lequel ?...

— Ah ! voyons !... Vous le savez mieux que moi, mon adjudant !...

— Qu'est-ce que c'est que cette plaisanterie à la fin ?...

Labrisque se pinçait pour savoir s'il ne rêvait pas, lorsque, dans la cour, ce fut un simple sergent qui vint lui dire :

— Mon adjudant, permettez-moi de vous féliciter...

— Encore, fit Labrisque furieux et croyant à une plaisanterie.

— Mais je ne vous ai pas encore félicité, mon adjudant.

— Et c'est heureux pour vous, mon garçon!.. J'aime les blagues, mais pas à ce point-là !... Vous venez me féliciter de mon sauvetage, n'est-ce pas ?... Eh bien !... ça passe pour vous ! Mais le prochain individu qui va se permettre de venir me féliciter, vous verrez ce qui va lui arriver !...

Le sergent s'éloigna, stupéfait, en se disant :

— Non d'un pied de châlit !... En v'là-z-un qui n'aime pas les éloges !...

Le militaire qui eût la malencontreuse idée de venir féliciter une fois de plus Labrisque, après le sergent, fut un caporal...

L'adjudant ne le laissa pas achever et l'envoya à la boîte.

Mais il faillit devenir fou, quand, le lendemain, il put lire, au rapport, les hautes félicitations que le colonel lui décernait pour son courageux acte de sauvetage !...

Il n'y comprenait rien du tout. Mais il changea d'attitude, et il prit un petit air modeste et satisfait à partir de ce moment-là, chaque fois qu'on vint le féliciter.

Dans l'après-midi, il y eut une ombre au tableau. Le patron d'un café vint le demander à la grille du quartier et lui réclamer 4 fr. 20. Le patron lui dit même :

— C'est bien singulier !... Vous vous appelez Labrisque !... Et je ne vous reconnais pas !... Ce Labrisque là est entré chez moi à la suite d'un sauvetage...

— Alors ! C'est bien moi !... fit l'adjudant.

Et il donna les 4 fr. 20. Il venait de soupçonner la vérité. Il fit sortir de la salle de police, le caporal puni et Bécasseau, comprenant qu'il ne pouvait décemment priver de sa liberté un homme auquel il était redevable d'une médaille de sauvetage. Et il ne lui dit que ceci :

— Je viens de payer 4 fr. 20 pour vous !... Mais ne recommencez pas, mille polochons !...

Bécasseau qui se voyait déjà au conseil de guerre, croyait rêver. Mais le soir, on vint lui dire que quelqu'un le demandait à la grille du quartier. Il s'y rendit : c'était le terrible sous-off. de dragons auquel il avait écrit la lettre.

— Zut ! se dit-il. Je ne sortirai donc d'un embêtement que pour tomber dans un autre ?... Me v'là fichu.

Et pas du tout !... Le sous-off. lui montra une enveloppe de lettre et lui dit :

— J'ai payé quatre sous d'affranchissement et l'enveloppe était vide !...

— Vide ?... (Le troubade se frappa le crâne comme s'il se souvenait de quelquechose.)

Bécasseau auquel on avait rapporté son uniforme et qui s'en était revêtu à la salle de police, se fouilla aussitôt. Il en sortit la lettre qu'au café il avait écrite, puis oublié de glisser dans l'enveloppe. Séance tenante, il la déchira en disant :

— J'ai oublié de la glisser dans l'enveloppe !... Elle est trop salée ; Je vous en écrirai une autre ce soir... Et comme je n'en aurai pas deux à écrire, à la fois, je n'aurai pas de distractions !...

— Bon !... Mais je l'attends demain, hein ?...

— Sans faute !...

Bécasseau était radieux. Quand il revit Lartichaud, il lui dit :

— Eh ben ! Mon vieux !... Tout ça est bien terminé... Mais, nom d'un polochon j'en ai eu un mal, va, à éviter le conseil de guerre !... J'en ai eu un mal... Des tas de troubades seraient restés dans le vase. Moi, j'ai pu m'en tirer parce que je suis intelligent... Mais bon sang de bonsoir, que j'ai-t-y eu du mal !...

TABLE DES MATIÈRES

Chapitres		Pages
I.	Une surprise	5
II.	L'évasion de Bécasseau	21
III.	Tristes suites d'une distraction	37
IV.	L'attaque de la Malle-Poste	52
V.	Bécasseau devient cambrioleur	69
VI.	Les affaires de Bécasseau se gatent de plus en plus	86
VII.	Pourquoi Bécasseau avait une armure	105
VIII.	Les étonnements de l'adjudant Labrisque	118

Grande Imprimerie de Troyes, 126, rue Thiers

ŒUVRES COMIQUES

René Blond. — Le Soldat Bousilf........ 1 vol.
— Le Caporal Bousilf........ 1 vol.
— Le Sergent Bousilf........ 1 vol.
P. de Sémant. — Le Sergent Blache........ 1 vol.
— Les farces du P'tit Frick........ 1 vol.
— Ce Sacré Potuit........ 1 vol.
— Ce Sacré Foissotte........ 1 vol.
Paul Féval fils. — Un Notaire embêté........ 1 vol.
Th. Cahu. — Le Régiment des Hommes à poils........ 1 vol.
— Nos farces au Régiment........ 1 vol.
— L'Amour il n'y a que ça........ 1 vol.
Ch. Bérard. — Pour rire à deux........ 1 vol.
Pigault-Lebrun. — M. Botte........ 2 vol.
— L'Homme à la pièce curieuse........ 1 vol.
J. Montet. — La Vie Fantasque........ 1 vol.
D. Chéri. — La Vertu du Mari........ 1 vol.
— La Vertu de Madame........ 1 vol.
Ch. Bérard. — Les 6 Femmes de Pingouin........ 1 vol.
J. Soleil. — La Bicycliste récalcitrante........ 1 vol.
Max de Jersey. — Terrouille au 41e d'Artillerie........ 1 vol.
— Terrouille ordonnance........ 1 vol.

AUTEURS ÉTRANGERS

A. Pouchekine. — La Fille du Capitaine........ 1 vol.
Ch. Dickens. — Aventures de M. Pickwick........ 2 vol.
Henryck Sienkiewicz. — Bartek le Victorieux........ 1 vol.
— Une Idylle dans la Prairie........ 1 vol.
A. Pouchekine. — Doubrovski ou le Brigand Gentilhomme........ 1 vol.
Miss Braddon. — *Le Mari de la Cléo* :
Le Testament imprévu........ 1 vol.
Le Crime de la rue Gibber........ 1 vol.

Chez tous les libraires : 0 fr. 20. — Franco poste : 0 fr. 25

ALGÉRIE, COLONIES ET ÉTRANGER : 25 CENTIMES (Port en plus)

www.ingramcontent.com/pod-product-compliance
Ingram Content Group UK Ltd.
Pitfield, Milton Keynes, MK11 3LW, UK
UKHW021106220726
13924UKWH00004B/1545